开学第一课

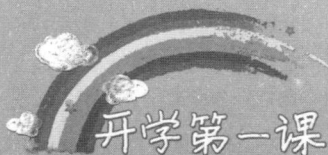

国家教育部、中央电视台联合推荐
全国小学生梦想美文优秀作品

向着太阳的方向

《开学第一课》编写组 编

时代文艺出版社

图书在版编目（CIP）数据

向着太阳的方向 /《开学第一课》编写组编. —2版.
—长春：时代文艺出版社，2016.2（2023.7重印）
（开学第一课. 小学生）

ISBN 978-7-5387-5008-9

Ⅰ. ①向… Ⅱ. ①开… Ⅲ. ①中国文学－当代文学－作品综合集 Ⅳ. ①I217.1

中国版本图书馆CIP数据核字（2015）第286369号

出 品 人　陈　琛
责任编辑　徐　薇
装帧设计　孙　利
排版制作　隋淑凤

向着太阳的方向

《开学第一课》编写组　编

出版发行 / 时代文艺出版社
地址 / 长春市福祉大路5788号　龙腾国际大厦A座15层　邮编 / 130118
总编办 / 0431-81629751　发行部 / 0431-81629755
官方微博 / weibo.com / tlapress　天猫旗舰店 / sdwyycbsgf.tmall.com
印刷 / 北京市一鑫印务有限公司
开本 / 710mm×1000mm　1 / 16　字数 / 109千字　印张 / 12
版次 / 2016年2月第2版　印次 / 2023年7月第3次印刷　定价 / 36.00元

图书如有印装错误　请寄回印厂调换

《开学第一课》编委会

编委会主任：韩　青　许文广

主　编：许文广

副主编：卢小波

编　委：张雪梅　骆幼伟　张　燕　吴继红

　　　　陈　琛　娜仁琪琪格　苗欣宇

《开学第一课》的价值

有人问我，《开学第一课》的价值在什么地方？我认为最重要的就是全社会希望并通过我们传递出来的价值观。多元是时代进步的标志，我们尊重不同的声音和价值理念，但是作为教育部和中央电视台联手举办的这项公益活动，我们要传递的是主流的、与时俱进又符合中华文明传统的价值观。

在2008年，我们通过《开学第一课》传递了抗震精神和奥运精神；2009年正值新中国60周年华诞，我们在象征着民族精神的长城，为孩子们播撒下爱的种子；2010年，我们告诉孩子们，一个拥有梦想的民族，一个不断仰望星空的民族，就是拥有未来的民族，人生的每一个阶段都需要梦想的指引、坚持和探索，而每个人的梦想汇集起来就可能成为国家的梦想、民族的梦想。

举办《开学第一课》三年来，我个人也有一个梦想，我梦想这项目光远大、朝气蓬勃的公益活动能够坚持举办10年，让它给这一代孩子的成长提供正面的、积极向上的力量，这就是《开学第一课》的意义所在。

我希望全社会的力量汇集起来，给孩子们一种价值观的教育，中央电视台愿意承担使命，联同教育部把这项公益活动做好。我们也欢迎全社会各界积极参与、支持，从出版、纸媒、网络、志愿行动、慈善事业等各个方面，加入到这个追逐共同梦想、打造恒久价值的公益活动中来。

由此，我亦十分高兴地看到《开学第一课》系列丛书的出版，我相信时代文艺出版社正是基于我们共同的理想，以出版的力量为孩子们的未来创造了更丰富的阅读食粮，为《开学第一课》的精神理念提供了更多样的传递方式。

中央电视台 许文广

CONTENTS

目录

第一部分　向左走，向右走

第二部分　口袋里的太阳花

第三部分　永远的朋友

第四部分　风中的沙粒

第五部分　星星点灯

第六部分 多彩的生活

第一部分
向左走，向右走

　　两个星期转瞬即逝，在这些日子中，夏苗苗一下子就在班级里成了风云人物，代表班级参加作文竞赛、当选校广播站播音员……每当下课，女生们就把她围得水泄不通，争着和她说话。这时的夏苗苗春风得意，坚信这好运气一定是那不知是谁的四叶草带来的，别提有多自豪了。

　　　　　　　　——黄依婷《四叶草之约》

"天兵天将" 张天斌

何欣航

新同桌的新协议

被抽调到八班以后，我发现，新老师决定按照身高排座位。

我本来和我新认识的朋友坐在一起，可是，我的新朋友被老师叫了出来，让她和一个叫做吴叶作的男生坐在一起。

哎呀，到底会是谁跟我坐在一起啊？

"何欣航，你和谁坐在一起好呢？"老师冥思苦想，这个时候，一个矮小肥胖的同学突然从椅子上摔了下来，痛苦地大叫了起来："哇呀呀——"大家都扭过头去，大声地笑了起来，我也跟着大笑起来。

老师的眼睛一亮，就将这个同学安排在了我的座位旁边。

"请注意，我叫做张天斌，哦，我原是三班的同学，我好像见过你，又好像没有。应该是有吧，也许是没有，以后我们就是同桌了，必须互相关照。你想知道我的特长吗？那就是我的手特别的长哦！我想，你比较喜欢语文吧，那么我们就没有共同语言，因为我喜欢数学……对了，但愿你不要知道我的外号，不要给我取外号，对，我的外号是天兵天将……"小男孩叽里呱啦地说了好多，突然，他将自己被叫了四年的外号说了出来，捂住嘴，故意装作很难受的样子。

"少贫嘴！"我想专心致志地听老师的话，可是我的耳朵不断地偏向天兵天将那边，以至于我听到的话都是这样的："我们必须注意安全，请注意，我叫做张天斌……""大家来自不同的班级，但是，我是三班的同学，我好像见过你，又好像没有。应该是有吧，也许是没有……""我们一定要团结，但愿你不要知道我的外号，不要给我取外号，我的外号是天兵天将……"我刚要发火。

"因为我太善良了，所以我给你一张合同好吗？"天兵天将说着，从书包里掏出一张原先就定好的合同，在留空处补上了我的名字，递给我：

从2010年9月1日开始，张天斌同学与何欣航同学坐在一起，画出"三八线"一条。若何欣航同学超过了三八线，张天斌同学可以往何欣航同学的耳朵里吹一口气，如果张天斌同学超过了三班线，往何欣航同学耳朵里吹一口气。

签名（外号）：天兵天将

我真是哭笑不得，这个所谓的天斌同学真是莫名其妙！谁喜欢跟你吹气？算来算去，还是我吃亏，这个天上的兵啊！

"划就划！"我赌气地说。看着天斌在桌子上画了一条三八线，过了一会儿，才发现有点儿奇怪：原先三八线还直直的，后来就往我的位置弯了！"天上兵"的位置明显大了好多！

我愤愤不平，张天斌同学马上赔着笑脸，把三八线重新画得公平了些。

可是，当我转过身时，又发现，三八线还是绕道过了我这边，弯弯曲曲的。

唉，我的新同桌，你不愧是天上的天兵天将啊，真是混江湖的啊，贼精，鬼点子也多，看来你上辈子一定是天蓬元帅失散的小弟弟啦！

我发现他是个广告谜

真不知道天兵天将的大脑里装的是什么东西。

他整天喜欢看电视，因此，一到我们学校，就满口都是广告，我们班的同学一见到天兵天将的脸，就马上捂住耳朵，大声说道："现在科技发达，天上的兵将都会说广告了，他们在玉皇大帝的门口，放了几台电视，天天背诵广告，因为广告成了奏折了！"

"英语学习就像刷牙一样，最重要的不是牙膏牙刷，而是要不断坚持，还要天天张嘴。"天兵天将每一次上英语课就开始说这句话，接下去就一本正经地介绍牙膏，什么黑人牙膏、纳爱斯牙膏、大白兔牙膏……我每天听得头都要炸了。更可恶的是，天兵天将每次上课都喋喋不休，如魔咒一般的碎碎念，害得我听写错了一个词，真让我悲痛欲绝啊！天兵天将听了我的劝告之后，依然面不改色，让我气不打一处来。

"今年过年不收礼啊……不收礼，收礼只收脑白金，脑白金！"有人送给天兵天将礼物，天兵天将就这么说。同学们一听到这句话，就马上逃离这危险地带，因为天兵天将即将扭起秧歌来。那种扭捏做派，连女孩子都受不了，但是，只有我是受害者，我无处可逃！

嘉儿一吃美好时光海苔，天兵天将就唱着《吉祥三宝》，可是歌声把我们的耳膜都震破了。嘉儿一口把美好时光海苔喷了出来，喷到了前排同学的身上，天兵天将就继续幽默："啊啊啊，美好时光海苔，一起分享美好时光吧！"

前排的同学指着自己说："还美好时光呢，我觉得比嘉儿胖了还难受啊！真是可怕时光！"

天兵天将一挤眼睛："哦，×××减肥茶，'绿色健康，减肥典范'，喝了能瘦掉好几斤啊！"

最可怕的是，天兵天将老是叫我"天才"。

"不要谦虚嘛，因为我知道：天才第一步，雀氏纸尿裤！"

天啊，这个天兵天将啊，什么时候赶起了潮流，什么时候写一封信告诉玉皇大帝：快快下诏书，让天上的兵将都不要看电视！

我一把这句话说给天兵天将听，天兵天将的回答让我瞠目结舌：

"我支持，我早就嫌电视落伍了，羊羊羊，恒源祥；羊羊羊，我只看电脑！"

早读课上的捣乱

因为我的朗读不错，老师让我担任星期一、星期五的值日班长。

前几天我狠狠地批评了天兵天将。

"哦，航天飞机啊，你准备一飞冲天啊！今天是你值日啊，天兵天将在天上拉你一把哦！"当我要走到讲台上朗读时，天兵天将顺口说了一句，我也没有放在心上。

我敲了敲教鞭："同学们，开始早读，我们一定不要让老师失望啊！"

全班同学安静地开始了朗读，天兵天将也乖乖地坐在座位上，捧着书认真地读着，还有感情地发出声音，没有预期的捣乱状况，我放心多了。

"张天斌同学表现得非常不错，你看，他的笔记做得完完整整，干干净净，读起来就方便多了！而且，他的朗读声情并茂，这样容易背下课文内容，我们要向他学习！"我走到天兵天将的身边，举起他手上的书。

"哈哈，值日班长，你骗人！"大家吵吵嚷嚷的。

我突然发现，我的手中是一本乱涂乱画的漫画书啊！真是让我无地自容啊，刚才，天兵天将明明拿着他的语文书嘛，转眼间就变成了漫画书了，怪不得同学们笑成一团啊，我的表扬对象居然成了反面典型啊！

"张天斌，你给我小心点儿！"我走过天兵天将的身边，小声地抛下了一句狠话。

的确，天兵天将安静了许久，但是，我突然发现，他的手在下面紧紧地捏着后桌"老杨树"杨铭的手，杨铭的脸涨得通红。他的另一只手紧紧地抓着前桌"金铜锣"罗朗正的手。

"张天斌同学，你干什么呢！"我生气地走了过去，用拳头捶了一下天兵天将的桌子。

"班长大人，你犯规了！"张天斌说着。

"我犯了什么规？弟子规吗？"我反唇相讥。

"根本不是，班有班规，校有校规，我们同桌也有规则，那就是，你的手已经超过了三八线，到达我的桌面上，'震动'了我的语文课本，企图想阅读我课本上的内容，这不仅犯了肢体规则，还犯了——目光的三八线规则！你得让我对着你的耳朵吹一口气！"张天斌眉飞色舞，好像玉皇大帝门口骄傲的士兵，我眉头紧锁，脸色铁青，而同学们哈哈大笑。

"啊——"唉，这个天兵天将，可气！

上课铃已经响了，本来精彩的早读课结束了。

第一节课下课后，我把天兵天将的事报告了语文老师，老师随口罚他抄写第二单元的课文三遍。

公开课上的报复

"万岁！"我们准备上一节公开课呢，上五年级，第一次有了这样一个千载难逢的机会！

我和好朋友"胖面团"方嘉儿、"机灵博士"吴博双走在一起。张天斌紧跟在我们后面，一副鬼鬼祟祟的样子。

"还不快点走开，还天兵天将呢，整天跟在别人的屁股后面，简直是虾兵蟹将，不值一提！"嘉儿训斥着。

"就是，少掺和！"我和博双说着。

"是吗，你们会为自己的言行付出代价的？！"天兵天将最讨厌别人叫他虾兵蟹将了，等一下，上公开课的时候，他肯定会做出什么行动的！

　　"没关系的，今天我是值日班长！我可以记下天兵天将的名字！举报给老师啊，这样我们都不怕了，等一下我们三个人组成一个小组，细心一点就好了！"机灵博士开口了，我们才有点儿放心，但是内心深处还是有点儿害怕，天兵天将等一下究竟会做出怎样的报复，让我们在公开课上出丑呢！

　　到了专门上公开课的教室，我坐在中间，博双和嘉儿坐在我的旁边，天兵天将和"老杨树"、"破铜锣"坐在我们的后面。趁安静的时候，我偷偷对天兵天将说："别捣乱，否则你死定了！"天兵天将神秘兮兮地笑着。

　　上课了，数学老师微笑地走上了讲台，大家往身后一看，马上吐了吐舌头——啊，连管纪律的副校长也来这儿听课啊！

　　张天斌同学的抽屉里发出摩擦的声音，我赶紧瞪了他一眼，他终于停止了摩擦的声音，但意外的是，他和两个男生都笑了起来。

　　"博双！"老师正在讲这道题。

　　"这道题可以运用除法的性质，一个数连续除以两个数，等于这个数除以这两个数的积！"博双的回答很完美，可是，大部分人还是发出了奇怪的笑声。

　　我没怎么在意，但是发现副校长皱起了眉头。

　　"欣航！求剩下的部分怎么求呢？"

　　我站起来："这样做，用被除数减去除数乘商，就算出了剩下的一部分。因此，列式是：(75-18)×5。"我的回答也很完美，可是大家还是发出了窸窸窣窣的声音，夹杂着一些人的小声尖叫和抑制不住的笑声。天兵天将也得意地向我挤眼睛。

　　"怎么啦！"老师在台上喊了一声。我能感受到她忍着的怒气即将喷发。沉默了一阵子。大家终于捂住肚子，或者蹲下身子，放肆地大声笑着，班上的"大食王"陈吾实一下子把口中的口香糖喷了出来，惨不忍睹的是，这个口香糖竟然向后飞去，刚好粘在了校长的头上，校长狼狈得很，使劲地扯着，还是扯不下黏糊糊的口香糖。

天兵天将、老杨树、破铜锣的笑声显得很响亮、刺耳，我和博双狠狠地瞪了他们几眼。

还是安静不下来！

笑什么笑嘛！老师的课上得那么动听，有什么好笑的呢？

我和博双狐疑地盯着大家，转动着身子，却发现每一个人的目光都望着我们的后背。

这时，我看到嘉儿草草地写好了的字：你们的背上画着几个哭脸，样子很像副校长，副校长咧开了大嘴，眼角的泪滴落进了嘴巴里，眉毛翘得高高的，很夸张的漫画！而且上面还写着几个字：报复，报复！

我真是无法形容那张漫画搞笑的程度了！

"谁画的？"我压住怒气偷偷地问。

"远在天边，近在眼前，当然是天兵天将了！"博双和嘉儿生气地说着。

啊？难道刚才校长的皱眉头，同学们的大笑就是因为我们背上的哭脸吗？

再看看张天斌，满脸的兴奋，得意极了。

这个天上的兵啊！真是过分！

"刚才有同学设计了个小游戏，也许是想让课堂气氛活跃一下，现在目的达到了，我们继续下一环节！"老师面带笑容地大声说着。副校长也站了起来，教室里面的各种声音停止了，大家暂时安静了下来。

真奇怪，为什么嘉儿没有遭到报复呢？我暗想。

"嘉儿同学！这道难题让你回答吧！甲、乙两数的差是0.8，把甲数的小数点向左移动一位刚好等于乙数，甲数是（　　），乙数是（　　）。"老师又提出问题。这是嘉儿最拿手的，用她的话来说："一边吃面包就能做出来。"

"先列出关系式。甲÷10=乙。那么，把甲数看成几倍数÷一倍数得出倍数。10减1得出9，就有九份。"

"回答得好，坐下！"

"哎呦喂！"嘉儿的声音突然响了起来，伴随着破铜锣的大声吆喝，教室又闹成了一锅粥，不知隔了两张桌子的张天斌是怎么做到的。总之，没有防备的嘉儿跌倒在地，发出惊恐的声音。嘉儿撞到了自己的书包，连书包里面的面包、热狗都跌了出来。嘉儿痛苦不堪地站了起来，手里握着面包和热狗哭诉："我的早饭没了！"

教室里面传来了哄堂大笑的声音。老师无奈地看着我们，叹了一口气。嘉儿索性坐在地上，赌气不起来了，面包、热狗散落一地。本来上得好好的一堂课彻底完蛋了。

老师虎着脸，整个教室突然鸦雀无声。

下课铃响了。"下课！"老师冲出教室。

"张天斌！"我吼了一声，"你这个天上的破兵，我们班的公开课开得很不成功，都是由你引起的！"

天兵天将脸色铁青，不过强力支撑着，依然嘻嘻笑着："哈哈，这就是报复！你懂吗？"

上课钟又响了，我们三个把天兵天将押解到了副校长办公室。

我错怪了他

之后的一段日子，我都不搭理他，嘉儿和博双也是，连他的死党"老杨树"和"破铜锣"都觉得他实在过分，"大大的坏"，大大地损坏班级声誉，经副校长在升旗操场一说，让我们班顿时颜面扫地。

其实，天兵天将也受到了严厉的处罚，他的爸爸妈妈从菜地里果园里被叫到学校，在挨了一顿教育之后，领着他回去了，张天斌回来是安静了许多，眉宇间多了些伤痕，我们也不问他。

这天下午是数学考试，恰好，数学老师要去参加一个活动，其他老师又没有空，就叫今天的值日班长罗朗正帮助老师监督。天兵天将准备好了一切，坐得端端正正。我也准备好了一切。

咦，我的尺子呢？发考卷啦！我急急地找着、翻着，发现我什么也没有。可能是天兵天将搞的吧！我生气地对着天兵天将。天兵天将的手中果真握了一把尺子，黄色的小青蛙，蓝色的天空，那不就是我的尺子吗？

我只好开始写着。可是，由于没有尺子，我画的图形歪歪扭扭的，真是难看极了！我不知道能得多少分呢！

我扭过头，轻轻写下了几个字：把尺子还给我！

我把这张纸放在桌子的中间。

破铜锣走下了讲台，指着我的鼻子："终于让我逮到把柄了吧，大班长你居然带头写纸条！"

我一下子愣住了，竟不知道怎么辩解，很茫然。罗朗正嘶哑的声音让我完全蒙了。

"不是她，是我。我这道题不会，我想跟欣航借尺子趁机偷看。"天兵天将站了起来。

什么？罗朗正的眉毛翘了起来："不要怪我不客气，这可是你自找的！"罗朗正，虽然是天兵天将的好哥们儿，但是，在众目睽睽之下，他还是在黑板上记下了天兵天将的名字。

他递过了尺子："给你。"

我刷刷地写了起来，心里想着：根本不是我要让你背负罪名，而是你偷我的尺子，理所应当嘛！

我有些紧张，尺子竟然来了一个翻身，落在了我的面前。我仔细地看着，突然发现尺子上刻着一朵粉红色的花，我的尺子上并没有啊！

是我错怪天兵天将了啊！我有些羞愧。

天兵天将的家

我和天兵天将和好了。下课时，大家也跟他说起话来。

天兵天将一直很羡慕我，因为我的家里有两个语文老师——我的爸爸妈妈！尤其是我有三大书橱的书，并且看到喜欢的，随时可以买下来。

有一次，他用感伤的语气告诉我，他的妈妈是种水果的，他的爸爸是种菜的。而他的爸爸妈妈的分工很特别，妈妈种水果爸爸负责出售，爸爸种菜妈妈负责出售。因此，用天兵天将幽默的话来说，他们家"果食无忧"。他的爸爸妈妈都已经五十多岁了！都不会讲普通话，从天兵天将一岁起，就只会教天兵天将唱闽南歌。

怪不得啊，怪不得啊，我突然发现，天兵天将一到学校就老是哼着歌：

"天黑黑，要落雨，阿公仔举锄头，要掘芋，掘呀掘，掘着一尾旋鲻鼓……"

每一天，天兵天将都会唱好多首闽南语歌曲。什么《爱拼才会赢》，什么《酒干倘卖无》，还有很多，很多，还蛮好听的。

天兵天将还告诉我，他爸爸妈妈不会讲故事，只好用闽南语讲笑话。久而久之，天兵天将耳濡目染，成了一个幽默的人了。天兵天将说得很自豪。

前天，天兵天将的自行车轮胎破了，他只好从很远的家里推到我们学校，累得腰酸背痛还遭了许多白眼，跟他的爸爸妈妈说，他的爸爸妈妈只是淡淡一说："过几天再说吧，我们都要种田，哪有时间帮你修理呢！"这几天，天兵天将都推着车上学，又推车回家。

"你怎么不把车放在家里，走路或者搭三轮车过来呢？或者，把车拉去修理？"我不解地问。

"我爸爸说自己的事情自己做！"天兵天将自豪地说，放学我还要再继续修！"

又过了一天，天兵天将又推着车走，我觉得他真可怜，忍不住过去问他："你怎么还推？"

"我觉得有种安全感呐。"我不知道是他自己有安全感还是他的车有安全感，不过，我坐在来接我的爸爸的摩托车上，就觉得我的天兵同学有一种悲壮的意味。

有一次，语文老师说到一篇感恩的文章。

"你的爸爸妈妈很老，很丑，你不能不爱他们吧？"天兵天将悲壮地点了点头。

"你的爸爸妈妈没怎么管你，还不帮助你，你不能不爱他们吧？"天兵天将又悲壮地点了点头。

"你们家很贫穷，你不会不爱你自己的家吧！"天兵天将还是悲壮地点了点头。

最终，自行车还是没能自己修好。天兵天将整天推着自行车上学，成为了校园的一道风景线。我们也逐渐习惯了。

有一天，突然他的爸爸妈妈记起了这件事，自行车才得以修好。

常常，天兵天将都会忍不住说一句："你们，真让人羡慕啊！"

变魔术的天兵天将

天兵天将声称，他是一个了不起的魔术师。

因此，他要证明自己。

每一次，只要有谁没有戴红领巾，他就会神秘兮兮地一笑，然后念一句自己自创的咒语，当哪个同学睁开眼睛，红领巾就会悄悄缠绕在自己的脖子上。真是让人大吃一惊啊！在那一周里，我们的分数都没有失去，我们拿到了流动红旗。连天兵天将的仇人嘉儿都说，天兵天将真的做出了很大的贡献。

他有时还额外带几颗糖果，在大家惊奇的目光下，总是有人大叫起来：啊，我的书包里面有糖果！

天兵天将总是会神秘地一笑，大家都会知道，这几颗糖果就是天兵天将"变出来的"。

我也很惊奇，天兵天将到底有什么窍门儿呢？

天兵天将因此更努力了，班上有谁缺什么，他好像提前预知，念一句咒语，就能使这个同学的面前出现他（她）需要的东西。

有一天，我偷偷地发现，天兵天将的书包里，都是那些几何教具啦、三角板啦、尺子啦、红领巾、橡皮擦、糖果啦……在他的书包里，还有积攒起来的零零碎碎的钱。我终于知道了，天兵天将总是准备一些别人需要的东西，当有同学需要什么东西时，他就可以拿出来。

经过博双、嘉儿的"揭发"，我们都知道了这个秘密。但我们从来不提起，让天兵天将始终认为我们是不知道这个秘密的。每一次，我们都可以看到天兵天将的脸上出现微笑。

这个天兵天将，他真是一个"魔法师"啊！

这就是我的同桌，天兵天将，有时顽皮，有时捣蛋，但是，在某一个关键时刻，他会出现在你的身旁。他也会使我们爆笑不已，让你笑得流出眼泪，整天都没有悲伤的"复杂"的我们的同学。

假如有一天，也许是明年，再来一次分班，这是这个学校的惯例，天兵天将万一走了，我们的班级将会是什么样的情景呢？

升　堂

操雨辰

大新闻，六（3）班要换体育老师了！这对于几个坏小子来说，无疑是天大的好事，每次换老师，他们都会想尽办法搞怪，让他们生气，自己便像取得了极大的胜利似的，至于受班主任惩罚，那就改天再说吧。

几天了，怎么还是原来的徐老师啊，大家都问发布消息的钟琳琳，是不是她的情报有误？钟琳琳瞪大了眼睛："不可能，我在校长办公室门口亲耳听见的！"话都这么说了，也没什么办法。老天爷也不给面子，淅淅沥沥下起雨来，这时，坐在钟琳琳后面的筱雨开始和她咬耳朵了。

"你确定吗？"筱雨问。

"怎么不确定？"正说着，上课铃一下子打响了。

哎呀，大家差点忘了，这一节是体育课。

下雨了，是要在室内上的，窦豆头趴在了教室门槛上，向外瞄，活像一只小乌龟。过了一会儿，他神秘地对大家说："外面来了个没见过的老师，就是不知道是不是教我们班来的。"

话音刚落，这个老师已经到了门口，窦豆吓了一大跳，像猴子似的蹿回了自己的座位。

果真，这个老师迈步走了进来，他二话不说，转身在在黑板上写下了"林"字，笑着道："我姓林，希望和大家能做好朋友。"

看着这个长相一点也不威猛甚至可以说有些和气的林老师，几个男生交换了一下眼色，窦豆狠狠地揪起了筱雨的辫子。"哎哟！"筱雨叫了起来。此时，又传来了梅梅她们的叫声，原来，其他的男生都在揪邻座女生的头发。

林老师狠狠地瞪了他们一眼，尖叫声立即停止，几个女生正在眼泪汪汪地摸着刚才被扯痛的头发。

男生们刚才虽然被震了一下，但他们并不死心，又互相交换了眼色，露出诡秘的微笑。林老师对下面唧唧喳喳的课堂看了一眼，抓起黑板擦猛拍了一下讲台，大声说："上课！"

本来应该由班长喊"起立"的，可是，几乎所有的男生都一本正经地拖长嗓音站起来说："威——武——"他们叫得可真响，弄得林老师足足怔了几秒，那场景，好像古时候的大人升堂，其中窦豆和王晶叫得最卖力。

稍稍反应过来的林老师把二位叫上了讲台罚站，为了避免他们两个讲话，便让他们站在了两边。

他们居然很得意，他们肯定认为，站在"大人"身边，不是捕头也该是捕快吧。他们得意地向下扫了一眼，女生们充满好奇的目光落在了他们身上，尤其是筱雨，被罚站有什么高兴的？他们却像小老爷，趾高气扬地抬着头，下面几个男生却很是羡慕的样子。

这时，钟琳琳举起手来，正在讲故事的"林大人"停了下来，问："什么事？"有"什么疑难快说！"窦豆笑嘻嘻地说了句。

"大人会帮你伸冤的！"王晶在一边接口。

林大人用有神的眼睛瞪了他们一眼。

"老师，严松打我。"小钟委屈地说。"严松，站起来！"严松扑的一下站了起来。

"大胆刁民，从实招来！"窦豆一下子蹦了起来。

"窦豆，你安静！"林大人严厉地说了声。

"是，大人。"窦豆反应挺快。林大人有些哭笑不得，又问严松："你上课为什么打人？"

"老师，是窦豆上课前让我打的，要不然，他要揍我。"严松委屈地说。

"一派胡言！"窦豆煞有介事地说，"本捕头一向光明磊落，从不干此下三烂之事，今日汝如此曰，莫非是想加害我等，故意陷害。"

"本捕快亦是，汝实在大胆，望大人与我等讨个清白！"王晶也在那里帮腔。

林大人正要开口，结果杨光一下子站了起来："大人，我等皆可为证，严氏欲害窦捕头，请莫听信流言。"

"你们玩完了没有？"林大人好像有些生气了，可是王晶却还是一本正经："大人息怒，依我看，此等刁民应从重处置，否则必留祸根。"

"老师，是真的，严松很老实，却又胆小，如果没被吓倒，他才不会打人呢！"钟琳琳好像把课堂当话堂了，也没举手就站起来说。

"你们有完没完，这是课堂，还有没有一点规矩？"林老师真的有些生气了，但他一下子又冷静了下来，他想看看这帮小子到底演的是哪一出，再说，从另外一个角度看，这帮小子还真的挺有个性呢，他可从来没有带过这样的学生。

他深呼吸了一口，觉得气顺多了。

"老师，是真的，我说的是真话！"严松快哭了。

"好，我相信你，你先坐下。"老师说。

这时，老师见梅梅在下面看课外书，提醒了一下说："别再看了！"

"哦，我知道了。"梅梅有些尴尬地说。

窦豆却嚷了起来："此女触犯规定，无视班规，理应处斩，大人不要放过她。"

"对，望大人三思哪，否则必成祸患！"王晶和窦豆一唱一和。

老师又好笑又好气，真是的，一转过来就碰见这俩刺猬，这可不怎么好对付呀！不过，静观其变吧，便不露声色地看着他们。

见老师没回答，窦豆更来劲儿了，他一把拿起"惊堂木"——黑板擦，死命地拍了一下，高声说道："大胆刁女，今日若不除你，必成大患，但你这本书，必为赃物，来人呐，夺下此书，把这个女子，拉出去斩了！"

"停！"林大人做了一个手势："既然说是赃物，那口说无凭，理应好好调查一番。"

这时，林大人又不动声色了，听林大人这么一说，窦豆心里倒没了底，这个老师是不是压根儿就没什么脾气，竟然一点儿也不生气，换了其他的老师早就有好戏看了。

"来……来人呐，好好查查……查查这本书。"窦豆说，但舌根发软，底气不足。

　　王晶上前，把这书一夺，一看，这分明是梅梅自己的爱情网络漫画书。

　　"窦捕头，这是爱情小书！"

　　"大，大胆！胆敢看这类黄书！"窦豆看了林大人一眼，而林大人却满面微笑，像在看喜剧。

　　窦豆立即软了下来，站到了一边，把事情全交给了王晶。

　　"真让我管呀？"王晶有些哭丧着脸了——早在几分钟前，他就软了！

　　"大胆女子，死罪可免，活罪难逃，你要请我和窦捕头喝汽水！"王晶摆出样子，却明显底气不足。

　　"不行不行！"窦豆的头摇得厉害，"汽水有什么好喝的？喝多了胀气，喝……营养快线！"

　　"不，腻死了，汽水！"王晶吼了一声。

　　"我是捕头，必须听我的，喝营养快线。"窦豆也不甘示弱。

　　"喂，到底要喝什么啊？"梅梅不想站下去了。

　　"营养快线！"

　　"汽水！"

　　他们同时吼道。

　　"慢慢吵吧。"梅梅可没什么耐心了，一屁股坐了下来。

　　"哼，有本事单挑啊！"

　　"谁怕谁啊！"他们两个生气了，舞着拳头准备打架。

　　"降龙十八掌，看我九阴白骨爪！"

　　"看我佐罗使剑，看我直拳！"

　　这两位边打边乱叫，也不过是花拳绣腿，谁知最后，来真格的了。

只听"咚咚"两声，几张桌子相继倒下，一踢一蹬，地上全是文具和书本。

大家吓呆了。

林大人却抱着双臂，若无其事地看着。

"我的书啊！"

"窦某，你踩到我的手了！"

"我刚买的漫画啊，一页没看就被踩了！"

"这是迈克金笔啊，踩坏了赔得起么？"

大家全乱了。

林大人见时机已到，一拍惊堂木："肃静！反了！本大人早已等候多时，是可忍，孰不可忍？现将二位人犯，捉拿归案！班长！"

"在！"小许站了起来。

"体育委员！"

"在！"小秦站了起来。

"将他二人，速速押上来！"

两个家伙很快被押送了上来，却还是一副吓呆了的样子。

林大人又二拍惊堂木，声音比刚才又大了许多："大胆人犯，竟敢恣意扰乱本堂，该当何罪？"

窦豆和王晶低着头，支支吾吾，毕竟是男生，一开口，不就丢光"男子汉的脸"了吗？扛着也是扛着，不丢脸就行。

林大人见他二人不招，便又三拍惊堂木："再不认罪，就大刑伺候！"

这次他们可真的有些怕了，天知道会是什么大刑呢？要说打，还是打不过的，自己毕竟还是小男生嘛。他们真的有些怕了。

　　"老师，我……我知道错了！你大人不计小人过，饶了我们吧！"窦豆撑不住了。

　　"老师，我们不该闹课堂，你这次就原谅我们吧！"王晶也可怜巴巴地说。

　　"好，本大人一向宽宏大量，今日念你俩系初犯，姑且手下留情，就饶了你俩这一次吧，若有下回，休怪本大人无情，退堂！"

　　"威——武——"男生们全都下意识地拉长声音叫了起来。

　　下课了。

　　林大人又诡秘地把俩家伙叫了出去，同学们可纳闷了，该不会……

　　可过了一会儿，他们喜气洋洋地回来了，一个喝着汽水，一个抱着营养快线。

　　"林老师挺哥儿们的！今后我们真的服了他了。"

　　"那当然，这些都是他请的。"

　　他们吹着，得意极了。

　　谁也没想到会是这样的结局，大家都说这林大人太让人不可思议了。

　　因此，那次的升堂，便成了绝版的演出。

谁偷了我的梦

蔡雨桐

　　果粒多是A市棒棒小学五年级的学生，她平时满脑子都是稀奇古怪的主意，同学们都非常喜欢她，可在老师眼里她却算不上好学生，因为她上学期期末数学只考了52分。

　　一天临放学的时候，班主任苗苗老师给每个同学发了一颗糖丸，说是能增强记忆、提高学习成绩的营养药，要求每个同学都要吃，而且特别点了果粒多和兜儿的名字。

　　吃就吃吧，反正味道也是甜甜的。可是奇怪的事发生了，经过几个夜晚，果粒多突然发觉不对劲了，自己每天在梦里都是考试和做作业！那可是从来没有梦到过的事情啊！果粒多是一个爱做梦的孩子，每天都做梦，她那些调皮的灵感正是来源于她的一个个梦。这下怎么办？难道在学校学一天还不够，梦里还要继续？烦死了！一连几天，以前那些美丽、新奇的梦都无影无踪，果粒多只要躺下就梦到学习，直到天亮！她甚至怀疑自己得了什么奇怪的病。

　　一天早上，果粒多的脸色很不好，主要是因为休息不好，精神总是提不起来。当然，还有另外一个原因，今天上午第一堂课要进行测验。

　　果粒多胡乱扒拉了几口饭，匆匆向学校跑去。进了班级，她发现大家一个个都无精打采的，像几天没睡好觉似的。

　　"兜儿，你昨晚做梦了么？"果粒多问。

　　"甭提了，我天天做梦啊！天天在梦里背课文、做卷纸，觉都睡不好。"兜儿懒懒地回答。

　　一打听才知道，同学们这几天也都是做同样的梦，怪了！果粒多开始意识到问题的严重性。

　　"再这么下去，我们就都成白痴了！"比果粒多还有活力的小米粒抱怨说。

　　正说着，门被推开了，班主任苗苗老师拿着一大叠卷子进来了。"同学们，现在开始考试了！"

　　"呜……"像一群懒猫一样，同学们有气无力地回答。

　　整个考试果粒多始终昏头涨脑的，别的同学也是东倒西歪，布布甚至睡着了，看得苗苗老师直皱眉。

　　放学后，果粒多路过苗苗老师的宿舍，忽然听到里面有吵闹声，果粒多扒着门缝往里看，奇怪啊，只有苗苗老师一个人！

　　"你到底把我的学生怎么了？他们为什么都变成现在的样子？"是苗苗老师愤怒的声音。

　　"嘿嘿，这不正是你期望的么？他们现在连梦里都在学习！"一个声音幽幽地说，声音居然也是从苗苗老师身体里发出来的！

　　"学生们现在是不调皮也不捣蛋了，但一个个都没了精神，这样下去人都傻了，你还是把原来的梦还给他们吧！"

　　"晚了！他们吃了我的药丸，以后都会变成学习的机器，变成我的傀儡，以后天下就是我梦魔的了，哈哈，哈哈！"

"你这个魔鬼！我当初真不应该释放你！"苗苗老师简直要哭了。

"哈哈，你现在已经拿我没办法了，现在你就是我，我就是你，至于那些孩子么，除非你和他们都在今天半夜十二点时醒着，因为那是我最虚弱的时候，否则明天天一亮，他们，还有你！你们的梦就再也回不来了！不过，你是没有机会去告诉他们了，你该睡觉了……"

果粒多随后就听到了苗苗老师睡觉时均匀的呼吸声。屋里安静了下来，果粒多明白了！原来是一个叫梦魔的坏家伙占据了苗苗老师的身体，然后骗同学们吃了那种害人的药丸，苗苗老师现在头脑里有两种思维。不行！一定要把这件事告诉兜儿、布布还有全班的同学，一定要把美丽的梦抢回来，把苗苗老师解救出来。

半夜十一点五十，班级的所有同学都聚集在了苗苗老师的宿舍外，他们互相提醒着，坚决不让自己睡觉。

"听我说，一会到时间我们一起冲进去把苗苗老师喊醒，绝不能让梦魔的阴谋得逞。"果粒多开始发号施令。

众人紧张地看着表，5，4，3，2，1，时间到，全班同学一窝蜂地冲了进去，连推带搡终于把苗苗老师喊醒了。这时只见一道白光从苗苗老师的头中飞出，在空中缠绕、聚集，并开始向远处桌子上的一个打开了盖的瓶子移动。"赶快盖上瓶盖，不要让他进去！"苗苗老师用虚弱的声音喊。果粒多和兜儿迅速扑过去盖上了瓶盖，那道白光被堵在外面了，化作了一个虚拟的人形，哀号着、咒骂着，然后渐渐消散，幻化出许许多多奇怪的形状，鲜花、高山、飞奔的骏马、三条腿的兔子……之后迅速飞进一个个同学的脑袋里……

这天晚上，果粒多又做梦了，梦中她笑得很甜、很甜……

我的"和平"大魔法

徐心怡

嘘，告诉大家吧！我可有一个超能力，那就是我有"和平"大魔法，只要用手指暗地里悄悄点一下一个人，再暗地里念一句"哈里哈里波波特"，就会让人变得和和气气，多多说别人的好话！什么？你不信？那就由我来给大家演示演示吧。

话说我们班的潘锐东长的人高马大，身强力壮，经常在同学面前"靠拳头说话"。这天，他与钱喜一言不合，便习惯性地举起了他那"罪恶"的拳头，钱喜早已不知所措，准备"抱头鼠窜"了。说时迟那时快，我悄悄对着潘锐东一指，轻轻点了一下他，念一句"哈里哈里波波特"，哈哈，怪事出现啦！潘锐东忽然放下他的拳头，笑着对钱喜说："对不起啊，我们做好朋友吧！"钱喜痛苦地一笑，勉强把手伸向潘锐东，嘴里连说："老哥，你还有什么把戏折磨我啊？"那表情可比丢了500块钱还苦恼啊。可是，从此潘锐东就像换了一个人似的，再也不欺负大家了，和大家成为了好朋友，还经常在背地里说别人的好话哩。

再说一件事。英语课的Miss Li可是以严厉出名的，很多同学都很怕她。这天，Miss Li走进教室，"啪"的一声把一摞作业本往桌上一放，严肃地大声说："你们看看，这么多的作业本，都是错了的，我不过让大家做了18页的作业，你们就错成这样，也太……"我一看不对劲，老师要大发雷霆啦，就悄悄使起了"和平"大魔法，Miss Li一下子变得温柔起来，说："刚才我有些冲动，我向大家道歉。其实呢，这次同学们的作业书写很认真，有很大的进步，大家太棒了！……"坐在下面的陆钱辰浑身起了鸡皮疙瘩，再也听不下去了，站起来说："老师，您要骂我们就直接骂吧，这样拐弯抹角的搞得我们很不适应！"不好，要出事！我赶紧暗地里点了一下陆钱辰，再念起咒语，陆钱辰立马像恐龙似的满脸堆笑说："不过，李老师，您的课我真的好喜欢好喜欢！"Miss Li也开心地说："陆钱辰真是好样的！"害得我们全班当场晕倒……

时间不长，我们班的所有同学和老师都被我使过"和平"大魔法啦，可是我却没法给自己使魔法。哈哈，大家对我可好啦。每天，我走进教室，所有的同学都对我毕恭毕敬，那种感觉真好。这天，我早上起来晚了，到学校已经迟到了，才迈进教室的门，同学们都异口同声地说："徐心怡，你真早！"啊，我倒，我都迟到了还早啊？看来，还是把他们都变回来吧。

四叶草之约

黄依婷

一

月亮悬挂在乌黑的夜幕中，亮得像用玉石雕琢而成的。星星无疑只是一些点缀物，稀稀落落的，少得可怜！夜静得发慌，不禁让人屏息凝神，细细听着它琐碎的声音。夏苗苗躺在床上，翻来覆去睡不着，想着放学时戴颖那副骄傲样，气就不打一处来："不就是片四叶草嘛！什么幸运草？吹什么牛啊！什么人啊，怎么这样啊！"夏苗苗气得翻了白眼，随手拿起手边的玻璃球，砸在了地上，这时已经是半夜了，夏苗苗带着睡意，进入了梦乡。

二

一大早，苗苗妈正准备叫醒往常正躲在被窝里的夏苗苗。一推门，掀开被子，愣住了：夏苗苗？人呢？刚从厨房里走出来的夏苗苗，拿起刚煮好的熟鸡蛋，放在了兜里，大步流星地跨出家门。"妈，我上学去了！""还没到六点半……"没等苗苗妈说完，夏苗苗就头也不回地走出了家门。夏苗苗飞奔到了学校前面的那片林子，因为还早，阳光没有照到林子上方，阴森森的，怪恐怖的。她壮了壮胆，拍拍胸膛"没事的！"夏苗苗停住了脚步，前面是一大片草地，长满了各种各样的花朵和小草，一片生机盎然的景象。夏苗苗趴在地上，双膝跪地，两手扒开草，细细寻觅那象征幸运的四叶草。太阳慢慢从东方升了起来，时间一分一秒地过去，夏苗苗却没有一点收获，顿时心灰意冷，"这里没有，这里也没有……"夏苗苗全身脏兮兮地坐在地上。一阵声音把她拉回了现实——"丁零零"上课了，夏苗苗顿时反应过来，急急忙忙提起书包，往学校跑。

三

"报告，夏苗苗——"夏苗苗低着头，脸颊通红，支支吾吾说不出话来。

"身为班干部，绝对不能迟到，这是我们班定下的规矩，你应该知道吧！"老师不满地说，"你今天是怎么了？全身还脏兮兮的？"

"我……我……"夏苗苗不敢抬起头，像茶壶里煮水饺——有话说不出。"不用说了，回到座位吧！"老师生气地瞟了夏苗苗一眼，继续开始讲课。夏苗苗慢吞吞地坐到座位上，放下书包，抽出了语文书，漫不经心地靠在桌上。

"嘿，夏苗苗你怎么了？"

"怎么弄得这么狼狈！"

"发生了什么事"戴颖关切地问道。

"猫哭耗子假慈悲，你少烦我！"

"你到底怎么了，这两天发生了了什么事，对我这么冷淡？"

"是那片四叶草的原因吗？"戴颖停止了那番和夏苗苗的对话，也不知道是不是心里明白了什么。这一节课，两个人都心不在焉，心事重重，根本没听老师讲课。

四

夏苗苗闷闷不乐地回到了家，懒懒地躺在床上，一直想着戴颖和那片四叶草。当她打开书包时，发现笔袋里有一片不知是谁放的四叶草。她小心翼翼地拿起来，左看右看，"是谁的？戴颖？不可能，看她昨天那宝贝的样子！"夏苗苗思索着。突然又笑了起来"管它是谁的呢！可现在是我的了！"她躺在床上，拿着那片四叶草，开心极了！

五

两个星期转瞬即逝，在这些日子中，夏苗苗一下子就在班级里成了风云人物，代表班级参加作文竞赛、当选校广播站播音员……每当下课，女生们就把她围得水泄不通，争着和她说话。这时的夏苗苗春风得意，坚信这好运气一定是那不知是谁的四叶草带来的，别提有多自豪了。

但不好的事仍然发生了……一次体育课刚上完，夏苗苗第一个跑进教室，可只顾往后看的她一不留神撞到了放在讲台上的仙人球。"啪"那花盆被摔得支离破碎，洒落一地。夏苗苗愣住了，吓出了一身冷汗。呆了会儿，突然回过神儿来，左顾右盼，见没有人，吁了一口气，连忙开溜。在快要走到教室门口时撞到了戴颖，夏苗苗吓了一跳，抱头鼠窜地跑了出去。

上课时，教室里安静极了，老师扫视着藏在教室里的"犯人"。"是谁干的？"长时间的沉默让老师火气上来了。望着一个个都是无辜的脸，判断不出到底是谁，戴颖看了看身边的夏苗苗：她的额头沁出了汗，耳根有些发红了。看得出她在犹豫到底要不要承认。这时，戴颖突然站了起来，干脆地说："是我，是我碰到的，走进教室不小心碰到的，真的对不起，让大家失望了！"她深深地鞠了一躬。"这不就行了，知错能改，老师是不会怪你的，下课后记得把这扫干净就行了。"戴颖点了点头，便坐了下来。她并没有望一眼夏苗苗，一直看着老师，默默不语。这时的夏苗苗开始责怪自己一点都不诚实，这一节课她备受煎熬。

六

一下课，夏苗苗把戴颖拉到了中心花坛说个清楚。"事又不是你做的，你干吗承认啊！""假惺惺的，想让我感激你啊！""你干吗，你为什么呀？"夏苗苗的声音软了下来，似乎带着一些哭腔。"我……我……"戴颖望着夏苗苗说不出话来，"在同学们面前好不容易有的形象，不想让你丢脸啊！"戴颖总算鼓起了勇气将这些话说了出来。"可事是我做的，你不需要这样……""我以前做过一些让你难堪的事，现在我真的想为你承担一些！我还把你当成我最好的朋友啊！"夏苗苗破涕为笑，嘴角抿着那泪水，含糊地说："对，我们是最好的朋友！"夏苗苗和戴颖之间的隔阂终于化解了，两个好朋友带着笑容走在风雨后，这时的夏苗苗也知道了那片四叶草是谁的了……

抬起头来

王　茜

毛正宇是班里有名的"不自信"——总是对自己不信任，如果上课老师让他起来回答问题，他得磨蹭个半天，站起来也稀里糊涂的不知道说的什么。最明显的，就是他老是低着头，走路也是，不知道的也许还会问："你在找什么？"

放学的时候，毛正宇正要回家，范启超追上来，瞧着正在"找东西"的毛正宇。对他说："嘿，你怎么老是低着头，脖子疼吗？"

面对范启超这样幽默的问题，毛正宇无奈地摇了摇头，说："那倒不是。"

启超是刚转到六年级三班的学生，他一定还不晓得这个鼎鼎大名的"不自信"吧！不过，到这儿一段时间，班里的每个同学都会知道范启超是一个大胆调皮的男孩，上课总是插老师的话儿。但是人缘特好，才刚刚来了几天，就几乎和班里的每一个同学，不管是男生还是女生都很熟悉了。但是因为毛正宇平常不怎么爱交朋友，所以他们到至今也没说过话。今天，这两个个性完全相反的人终于开始交流了：

"你怎么总是不出去玩儿呀？"范启超问毛正宇。

"嗯——不想去。"毛正宇的回答总是这么让人无法再问下去。

"哦，对了，你会打篮球吗？"篮球可是范启超最喜欢的运动，不说也能知道，每次下课，他总是和几个同学抱着个篮球到操场上去打，并且他的水平还不低呢！恐怕连学校里也找不出一个可以赢过他的。

听了范启超的这一发问，毛正宇猛地抬起了头："会啊，我也就对篮球感兴趣了。"第一次见毛正宇这么兴奋。

"那好啊，我们明天来打一场吧！"范启超比刚才更热心了。

"算了吧，我打得不好。"毛正宇说完就先走了。

这两个人的交流就以这样的结局结束了，毕竟他们两人不容易合得来……

第二天，毛正宇慢吞吞地来到学校，看见正在兴致勃勃打球的同学范启超。范启超看见毛正宇，就招呼他说："毛正宇，来打球吧。"因为这句话，所有正在看球的以及打球的同学都把目光转到了毛正宇的身上。毛正宇从来没有被这么多人注视过，他在学校里可是一直都不引人注意的。他"刷"地一下脸红了，赶快一口气跑到了教室。

下了课后，范启超拉住正在看书的毛正宇："喂，我叫你你跑什么？"毛正宇挣开了范启超的手，没有理他。和毛正宇同桌的田丽丽忍不住说话了："唉，你刚转来不知道，他呀，就这样。"毛正宇一生气，把手上的书本使劲往桌子上一摔，就跑出去了。范启超吃了一惊，虽然他的头脑很好使，可是在每个同学看起来，他其实并不会理解别人。

就这样，范启超以为毛正宇肯定不会再理他了，但是没想到，放学后，毛正宇主动找到范启超，好像在下挑战书似的对他说：

"这个星期五，我们打场球吧！"

"什……什么？"范启超还没回过神来，毛正宇就走了。也不知道毛正宇哪里来的勇气，可能是自尊心受到了极大的伤害，想要用比赛的胜利来挽回吧！

以后的每一天，放学以后，等到同学都走了，毛正宇练球的身影总会出现在学校的操场上，每次，直到汗都湿透了头发，他还是不肯停手，一直到很晚才回家。

星期五放学，有很多同学围观。这可是毛正宇和范启超的比赛，所有篮球爱好者几乎都在。虽然比赛还没开始，但围观的同学们心里早已经给下了定论啦！有的同学干脆喊出来："毛正宇，认输吧！"但是，这依旧没有打消毛正宇的决心。

比赛开始了。不一会儿，毛正宇便知道，自己的实力还远远比不过范启超，此时已经是3：0了。

但最后，意想不到的是：毛正宇竟然赢了！太不可思议了，我们全校球打的最好的范启超竟然也有输的时候，而且赢他的人竟是毛正宇。

毛正宇也觉得不敢相信。其实，范启超输了比赛，只不过是因为比赛时候的一点儿失误——他在运球的时候，没有配合好，球被毛正宇抢走了，他这一抢到，就一下进了好几个球。要知道，这几天里，毛正宇几乎练的全是投篮和运球，时间对他来说也许太短，连抢球这些技巧也没来得及练。

两个人的衬衫都被汗水湿透了，却仍旧特别兴奋。

放学的时候，范启超对毛正宇说："你瞧，不管什么事，只要努力了，就一定能做到。祝贺你！"毛正宇嘻嘻地笑了起来。

自从毛正宇赢了比赛，每个人都觉得他变了——例如，原来他上课总是不爱举手，现在，变得积极多了。还有，下了课，他会去外面看人家打球，再也不闷在教室里看书啦！他现在走路也变得大大咧咧的，仿佛以前那个走路总低着头的毛正宇不见了。

过了好多天，有一次下课，毛正宇偶然听到了同桌的谈话："你还记得吗？上次毛正宇打篮球赢了范启超。"

"记得啊！这场球赛恐怕我永远也不会忘记。"

"其实，那是范启超故意让毛正宇的。"

毛正宇听到这的时候，感觉自己这几天的快活劲儿一下子没了。的确，现在他想想，当初范启超的那一点儿失误，确实有可能是范启超故意让着自己的。

毛正宇一口气跑到打完球正在休息的范启超面前，表情严肃地说："我们上次比赛，是不是你故意让着我，才让我赢的？"

范启超没想到他这么快就知道了，只好说："……是啊，以你那水平，一定赢不了我的！"

毛正宇听了气极了："你，你看不起我……"

还没等毛正宇说完，范启超就发话了，他已经知道毛正宇接下来想说什么了："我没有看不起你，因为你总是不自信，如果让你赢了我，说不定就会改变这一点啦！别生气啊。"毛正宇终于明白了为什么范启超的人缘那么好了，他的气一下子就消了。两个人同时笑了起来。

往后的每一天，在放学的路上，总是能看到两个男孩儿抱着篮球一起在路上说说笑笑，不时，你还能听见其中一个男孩儿的声音："抬起头来！"

而那个秘密也会永远带着两人的友谊，藏在毛正宇和范启超的心里，谁也不告诉……

迟到的贺卡

朱怡璇

开学了，哆咪咪实验小学四（6）班的孩子们都乐开了怀，因为每个同学都收到了贺年卡。

丁蕾今天收到了十二张贺卡，她给每个好朋友都送了贺卡，好朋友们也都回赠了她，唯独她的一个最好的朋友——林心怡没有回赠给她。丁蕾想了想：如果向林心怡要贺卡，那就太没有面子了。于是她左等右等，过了好些日子，她还是没有收到林心怡的贺卡。

丁蕾想：林心怡这个小气鬼，看样子文文静静的，没想到连张贺卡也不送给我，我还是她最好的朋友呢！最没想到她是这种人！小气鬼！

以后的日子里，丁蕾都没有和林心怡玩了。有一天早晨，林心怡在校门口碰见了丁蕾，林向丁打了声招呼，可是丁蕾并没有理她，还瞪了她一眼。林心怡追上了她问："怎么了？"丁蕾"哼"了一声便又走了，留下林心怡一个人在楼梯上发呆。

过了差不多半个月了，丁蕾的气稍微消了点，可这次的月考，林心怡考了满分，丁蕾只得了87分，她此时的情绪非常的不好。老师把林心怡叫到讲台上表扬了一番，并让她当了学习委员。当时林心怡因为高兴，冲着丁蕾笑了笑，可是丁蕾误以为林心怡在嘲笑自己心里很不是滋味。

放学后，林心怡主动要求帮丁蕾辅导功课，可丁蕾却说："我才不要你同情呢？少在我这儿假惺惺的！小气鬼！"林心怡问道："你怎么这样啊？丁蕾，我怎是小气鬼了？"丁蕾说："你根本不把我当好朋友，如果我还是你的好朋友，那你开学那天为什么不送我贺卡呢？你就是小气鬼，小气包子！"林心怡说："是啊！如果是好朋友的话，这点小事你根本不会放在心上，还有，你知道吗？一张最便宜的贺卡要2元钱，我要回赠十个朋友的贺卡就得花20元钱，那可是我妈妈一天到晚辛辛苦苦赚的工资啊！我好不容易自己做了一张贺卡给你，你看！"说完便从书包里拿出一张淡绿色的贺卡，又说："你不配得到它！"说完她立刻拿起书包跑出了教室。

第二天，丁蕾来到教室，发现林心怡的座位是空的，平日里她都是第一个到教室的，今天怎么……下了第一节课后，丁蕾原以为作为学习委员的林心怡竟然旷课，就想去老师那里告她一状，可却从老师口中得知：林心怡转学了，且是转到农村小学去了，临走时留给丁蕾一封信。

丁蕾的心突然就像被谁揪了一下似的，林心怡家到底是穷啊！丁蕾迫不及待地拆开信封，从里面掉出一张漂亮的贺卡，上面写着：祝丁蕾新年快乐，永远开心……另一张字条上写着："对不起，丁蕾，我没有及时送贺卡给你，惹你生气了，请收下这张迟到的贺卡吧！能原谅我吗？林心怡留"。

丁蕾把这张纸和贺卡从头到尾每个字都清清楚楚地读了三遍，没错，是林心怡的字迹。

　　此时，一阵风吹过，把字条从丁蕾手上带走，这张字条在空中飞舞，风吹在纸条上的声音犹如林心怡的笑声，是那样甜……

　　"心怡，心怡……我原谅你了！心怡，心怡……你在哪儿？我想你！心怡，心怡……"丁蕾的嘴里喃喃道。

同桌糗事

逢杭之

（一）

丁零零……

呼哈，终于下课了！

突然，一片铺天盖地的白色纸片迎头撒来，把我埋了起来。

"谁呀！"

刚想发怒，却见一张画着大大对勾的100分英语试卷飘到了我的眼前。而左上角写的名字，就是我！

"噢耶！"

我乐得又蹦又跳，探头去看同桌阿沙手中的试卷。只见他飞快地将试卷藏了起来，想了想，又从背后拿了出来，一脸容光焕发："瞧，我可发达了！"双手捧着自己的试卷，直往我脸上凑。

"呦呵，考得不错呢，82分呀。"

"那是那是！"

"喂，你不是摸着什么考试秘诀了吧？"

"那是那是！"

"真奇怪呀，进步够快的。我记得你上一次才考了41分的呀。"

"那是那是！"

阿沙一脸痛快地认同之后，又突然奇怪地摸了摸脑袋："怎么感觉那么不对劲呀？"

"哼，你真傻呀！告诉你吧，本大小姐早就看出你的小伎俩来了！"

阿沙不知所云地看着我，弄得我感觉十分古怪。

"你看你看这不是么，你故意把试卷倒过来炫耀是吧？瞧，应该正过来才对呀！这不么，28分！"

阿沙把试卷倒过来又正回去，反复好几遍后，才恍然大悟地一拍脑袋："啊！多亏你提醒我，我还真以为我考了82分呢！"

晕！阿沙阿沙，你也真够傻！

（二）

又有这样的一天。

"阿沙！交作业！"

"阿沙！听见没有！交作业！"

阿沙傻乎乎地坐在凳子上，摇头晃脑地听着mp3，根本没听见。

这下收作业的课代表可就恼火了，一溜烟跑到老师那里告状去了。

老师大步流星地走进教室。

"阿沙？"

没反应。

"阿沙？"

仍没反应。

"阿沙！"

还是没反应。

"阿沙！你给我站起来！"

老师的河东狮吼开始发威了。

嘀嘀，这下俺那同桌可就死惨了！

老师咚咚咚走到跟前，一把把阿沙提溜起来，嚷道："阿沙你给我把耳机揪下来！"

我那可怜的同桌猛地醒过神来，吓得浑身出冷汗。

"说，昨天布置的作业带了没有？"

"我写了。"

"我是问你带了没有？"

"没、没带。"

"你确定你写了是吧？"

"老、老师，我……没写完。"

"再说一遍，到底写没写？"

"没、没、没、写……"那家伙话音刚落，就被老师的大铁钳抓到窗台上当作业的奴隶去了。

（三）

"今天布置一篇作文：《我的自画像》。明天别忘带了！"老师说完，严厉地瞪了阿沙一眼。

哼，这家伙今天被老师罚得够惨了，还这么嬉皮笑脸的，没心没肺！

第二天。

"阿沙同学，请给我站起来。"

老师板着脸，咯噔咯噔地走上讲台。

阿沙紧张地把屁股从凳子上抬起来。

突然，老师的泪就喷涌了出来，一连串的笑声也就从嘴里传出来。原来，她是笑哭了的呀。

老师这是怎么了？只见她呵呵地咧着大嘴巴，从一堆雪白雪白的稿纸中翻过来找过去，终于抽出其中的一张。

"咳咳，"老师清了清嗓子，说道："下面我要念的，是阿沙同学的一篇'代表作'。"

教室里立刻议论纷纷，大家都转过头来看着阿沙。真奇怪，这个平时学习极差的人儿怎么突然鲤鱼翻身了？

老师开始念了。

"我，是一个可可爱爱的小男孩，但是人家都说我像个小女孩。我的脸上长着两个水灵灵的眼睛，眼睛下面是可可爱爱的鼻子，鼻子上是两个鼻孔，鼻子下面是一张樱桃小嘴。

"然后阿沙同学又把自己的个头、穿着、身材等都描写得十分细致。由于他后面的部分写得有些惨不忍睹，在此我就不念了。当阿沙把自己刻画成一个很像模像样的人时，这篇作文就写完了。总共才168个字。"

"哇哈哈哈哈哈哈哈哈哈哈哈哈哈哈哈哈！"全场哄堂大笑……

课间，课代表开始发每个人的作文。

"阿沙！你还让不让人活啊！这就是你写的作文？"我高举着同桌的那张写在信纸上的"优秀之作"哈哈大笑，一直笑到肚子疼得直不起腰。

　　阿沙奇怪地歪着头，说："难道……我前后不呼应吗？因为人家说我是女孩，所以我才重点写我怎样像女孩的嘛！"

　　这人……我没话可说了！

"QQ朋友" QQ爱

黄泰榕

这一天，吃过晚饭，霍虹和往常一样，打开电脑，输上自己的QQ号码和密码。随着一个可爱的小企鹅"QQ"俏皮地四处张望，蓝色的QQ界面出现在电脑屏幕上。这时霍虹发现屏幕右下角有一个闪烁的小喇叭标志——这说明有消息！这消息不是QQ新闻，就是……有新的朋友要加他为好友！

他激动不已，轻轻点了两下鼠标，一个蓝色的"小框"出现了，上面是一行字："雨中漫步"请求您加为好友。嘿，是一个新朋友！昵称还挺诗意的！霍虹还不等看他的个人资料，就毫不犹豫地按下了"确定"。

现在，霍虹急切地想了解这位神秘的朋友是什么人，他点了下这个网友的头像，一个蓝色的对话框出现了。霍虹飞快地打出了两个字："你好！"不过几秒钟，那边就"嘀嘀嘀"地回应了："你好！"

"你哪里的？上几年级了？"

"上海的，上六年级了。你呢？"

"我也上六年级。你们那里好玩吗？"

"很好玩的，你喜欢什么游戏？'问道'还是'跑跑'？"

"都好玩！"

……

不知不觉中，已经聊了好几个小时了。可是从霍虹脸上一点都看不出来疲劳。家庭作业还没有写呢！霍虹不情愿地站了起来，向对话框打了一段文字："我要去写作业了，886！"输完这段话后，他伸了个懒腰，朝着书房的方向走去。

本以为那段话就能解决一切问题了，可没想到，电脑房那里还是不断传来"嘀嘀嘀"的声音。霍虹实在忍耐不下去了，使劲将桌子一拍，气急败坏地打了一句话："你怎么这么烦啊！"然后狠狠地敲了一下回车键，这句话就原封不动地"搬"到了对话框上。

随着这句话的"登场"，霍虹的眼神才渐渐恢复正常。这时他才注意到之前"雨中漫步"已经打出了好几句话了："好的，祝你成功。""作业多不多？别累着。""有疑难问题吗？我可以帮帮你！"……

他一下怔住了——这是他有生以来第一次发愣，是的，第一次！他脑子中一下闪过了无数道歉的语句——他这也是第一次认识到自己的过错，也是第一次！霍虹明白了——他误会"雨中漫步"了！但等他回过神来，一切都晚了——对方平淡地回了一句话："哦，那不打搅你了，对不起。"随后，这可爱的彩色"企鹅"一瞬间变成了灰白色的图片——对方"离线"了。

望着完全静止了的电脑屏幕，霍虹彻底崩溃了：他误会了一颗真诚的心，他误会了真心想关心帮助他的朋友！看着好友列表中那灰白色的头像，霍虹不禁发出一声叹息。一会儿，一阵熟悉的"咚咚咚"敲门声响起来了！这不是客人敲的门——现在是晚上，这是QQ上有朋友上线的声音！霍虹马上回过神来，用鼠标打开QQ界面，看看这个网友是谁。

可当霍虹一看，他又一次愣住了：这个正在变换颜色的QQ号，昵称是……"雨中漫步"！"他"又回来了！趁这个机会道歉吧！可是当他的双手按下键盘时，他又想：不行，"雨中漫步"也有不对的地方，谁让他乱发话呢！可是自己向他道歉不就行了吗……不，不行！我可是有自尊的，不能这样"屈服"。可是，要是这误会不解除……

墙上挂着的钟表"滴答滴答"地摆个不停，时间一分一秒过去了……"啊，我有办法了！"霍虹猛地一拍脑门，伸出双手在键盘上摆弄了几下："哦，对了！看没看昨天晚上的足球赛？"

这句话打出来后，那边居然一点动静都没有。霍虹有些不安了，双手握成了拳头，就像是等待股票大盘出现收盘结果的"股票迷"一样紧张。仅仅过了一分多钟，那边就快速回了一句："当然看了，太精彩了！"

"AC米兰的卡卡表现得不错吧？"霍虹打了一句话。

"嗯，贝克汉姆表现得也很好！""雨中漫步"回答道。

"上半场就得了很多分呢！"

"下半场也得分了！"

……

终于，那久违的、令人愉悦地"嘀嘀嘀"声再次频繁响起！不知不觉到了睡觉的时间了。霍虹笑了笑，打上一句话：

"这次是真正的告别了，以后见，886！"结尾还附上了一个"握手"的表情……

飞鞋风波

殷　蕾

　　周格格最喜欢上的课是音乐课，倒不是因为她唱歌好听，而是因为她喜欢教音乐的王老师。可以说几乎全班同学都喜欢上王老师的音乐课，连对音乐一窍不通的"小豆豆"都学会了唱高难度的音阶。

　　那一次，大家正坐在阶梯教室兴致勃勃地学唱新歌，突然，一个不明飞行物从周格格头顶上"嗖"地飞了下来，不偏不倚正好落在周格格身前。周格格吓了一跳！心想：好悬啊，差一点儿砸到我。她定睛一看，原来是一只臭鞋。还没等她缓过神来，一个人影从教室后面飞奔下来，一把捡起鞋，又飞奔回去。正巧歌唱完了，周格格气愤地举起手，向老师报告。同学们的目光也都聚集在王老师身上。

　　王老师皱皱眉，诧异地问："谁干的？"几个同学不约而同地回答："张洪飞！"大家又把目光齐聚到张洪飞身上。

　　张洪飞可是班里"大名鼎鼎"的调皮大王，他曾经把蚂蚱和蚂蚁放进女生书包，害得原本胆小的女孩哭着喊妈妈；他还总是在上课时钻到桌子底下，在地板上画小人；还有一回，他从彩虹大厅的屋檐上跳下去，差点儿摔骨折……他捣乱的事儿数也数不过来，罚站、写检查、找家长对他来说可是家常便饭。

这时，王老师把张洪飞叫起来，严肃地问："怎么回事儿？"张洪飞像往常一样，一脸的无辜，好像这事儿跟他一点儿关系也没有似的。他漫不经心地瞥了一眼老师，然后一字一顿地说："老师，您不知，这位小子，"他说着用手指了一下身边的邱嘉良，"他无缘无故踢了我一脚，于是，我就把他的鞋脱下来，扔了。"

周格格猜王老师肯定会把张洪飞赶出教室臭骂一顿，仿佛这样才能让她解解气。同时，她也有点儿沮丧，这样好的音乐课，全被张洪飞破坏了，美好的气氛没有了，今天的新歌甭想学好了。但令她没想到的是，王老师沉默了一分钟后，既和蔼又严厉地对张洪飞说："以后别胡乱闹了！好好上课吧！"然后又对大家说："既然，我们今天学唱《原谅我》，那就让我们原谅张洪飞吧！"大家互相看看，古怪地笑了。

不过，王老师的办法果真管用，一直到下课，张洪飞也没有再调皮，他竟然也学会了唱《原谅我》！"原谅我以往一点错，原谅我以前不知错……"欢乐的歌声回荡在音乐教室，每个人脸上都露出了美丽的笑容。

瞧！咱们班的Boys

严佳伦

说起咱们班的Boys，他们个个都不赖，各有各的拿手绝艺。不信，就让我来介绍介绍吧！

"快来看那！这有原子弹照片！"不用说，这一定是"知识王子"——毛鸿渝，他长的肥肥胖胖的，脑袋又大又圆，里面装满了许许多多我们都不知道的神奇知识，他学习成绩非常好，特别是科学。他最感兴趣的是军事科学，每句话里几乎都含有一个武器名称，"别再向我扔'手榴弹'（一卷透明胶）！"；画画时他总将外围边框画满各式各样的武器，还精心给他们涂上美丽的颜色；一下课就拉上他的好伙伴，一本正经地讲授起他满肚子的军事知识，我们听的人连插话的机会都没有，真不知道他怎么掌握这么多渊博的知识的！

"小螺号，嘀嘀吹……"咦？谁的歌声这么好听啊？当然是"男生中的百灵鸟"——陈翰浩宇。他的嗓音又细又清脆，唱歌朗诵时都饱含深情，面部表情也随着旋律跳动而变化。唱到兴起时，他还会手舞足蹈地跳起来。一会儿双手合十，举过头顶，身体颤动，好像一朵出水芙蓉，一会儿将双手搭在肩上，轻快地旋转起来。动听的歌声搭配着自编的舞蹈还真有点儿演员的模样呢?

"最新款赛车"上市啦! 随着一声大叫，同学们都一窝蜂地涌了过去。原来"著名设计师"杨智淳正在推销自己刚刚折叠出来的最新款飞机型纸赛车。这款车速度非常快，攻击力十分强，会旋转，更重要的是，他可以牢牢地钩住地面。真不愧是"赛车之王"。杨智淳已经连续创造了好几代飞机型赛车，而且全是他自己设计制作出来的。班上同学都对这款产品十分满意，至今无人超越。

还没完呢! 像"绘画大王"戴宫泽月，"长跑健将"田书林，"灌篮高手"陈良恺，还有"设计游戏能手"的我犹如一颗颗闪亮的星星，让我们402班熠熠生辉。

裤子风波

卓鸿飞

事情总是出乎意料，王军与李伟的友谊竟然被一条裤子整出了危机。

在六（2）班，谁都知道王军和李伟是好朋友，好到什么程度，放学一起回家，上学一起返校，在学校里是同桌，好的像穿一条裤子。今天上午第四节课刚结束，王军正与同桌说着话，慢慢站起来，还没有来得及走出座位，猛然间被李伟拽了一下衣袖，他狼狈跌倒，"哧——"的一声，裤子被桌子角扯开了一个三角形的口子。

在众人面前摔倒在地，很丢面子；新裤子是妈妈从济南刚刚买来的，第一天穿，就被无情地"毁容"，更使得他怒从心头起，恶向胆边生。他立即爬起来，三步并作两步，冲出教室，追上李伟，照准他的脸部就是狠狠地一拳。李伟一个趔趄，踉踉跄跄地后退了三步，差点儿摔倒。

李伟平时很调皮，今天做的也不对，竟然没有还手，连声说"对不起"。王军仍然不依不饶，李伟诧异地望着他，"不就是摔倒了吗，也值得这样大动肝火？"

哼！真是站着说话不腰疼，听他的话，根本没有想到问题的严重性，竟然不知道王军的裤子也被弄坏了。王军看他那样，以为他装糊涂，上去踹了他一脚。李伟重重地摔倒在地，依然没有还手，只是一个劲儿的道歉。班长张超赶紧将王军拉走了。

放学路上，张超问王军，为什么打李伟。知道事情原委后，张超劝王军："不就是一条裤子嘛，何必生那么大气？更何况你们是最要好的朋友呢。"张超眨眨眼睛，幽默地说："'眼睛是心灵的窗户'，现在你的裤子长了眼睛，你心灵的窗户又多了一个，多好啊！"

要是平时王军早被他逗乐了，可是今天幽默不起半点作用。王军反驳道："不是你的裤子，你当然不心疼了。我怎么向妈妈交代，第一天穿就弄坏了。"

张超笑了笑，拉起王军的手，依旧微笑道"李伟一直向你道歉，没有还手，还被你打哭了，我看他也够朋友了，算了吧。"

张超接着说："我也有像你同样的遭遇，也是运动裤被同学弄坏了。坏就坏了呗。"

"你没有计较？你不心疼裤子？"

"衣服即使很在意，穿久了，也就不想再穿了。你就认为是穿坏了不就得了。"

王军的气慢慢消了些，但是嘴里还嘟嘟嚷嚷着："你们倒好，嗯，两人穿一条裤子。"扭头朝家走去。

王军吃饭时，将裤子的事情同妈妈讲了，本以为她很生气，她反而劝道："你做得有些过分。李伟是你最好的朋友，怎么能为了一条裤子，从此做不成朋友呢？"一席话，王军低下了头，脸红红的。

接下来几天，李伟一直没有同王军说话。王军感觉好像失去了什么，一直闷闷不乐。

在一次回家的路上，张超将王军与李伟拉在一起走，问他在电脑上发现好游戏了没有。二人同时说："有。"

沉默了一小会儿，李伟看着王军，小声地说："你先说吧！"王军也学着谦让："还是你先说！"

张超眨眨小眼睛，看看王军，又看看李伟，笑着说："你们俩说吧。老张我回家有事，失陪了。"

时间好像凝固了，他们两人都不说话，各自低着头。这一低头，李伟看到王军下身穿的还是那条"毁容"的裤子。

"你的裤子……"

王军抬抬腿，用手拍拍裤子，笑着回答："妈妈缝好了。"

"你还生气吗？"

"一条裤子不会影响我们的友谊的。"

两人会心一笑，拥抱了一下，手拉着手。"回家把你找到的新游戏发给我。"这下，两个人还是异口同声地说。

第二部分
口袋里的太阳花

当爸爸妈妈发现她的时候，玉晶儿躺在丁香丛里，嘴角上挂着最美的微笑，在她身边留了一张纸条，上面写道：我从我的坚信中出生，笑是我的生命，爱的微笑是最美的，妈妈，会笑的生灵是活跃的，我想用我的身躯告诉你，我只是想看看你的微笑。

——孙菁祥《只想看看你的微笑》

花的愿望

金周樱

初夏的夜显得格外的静谧，空气中弥漫着淡淡的茉莉花香。在那零碎的星光中，一个轻盈瘦小的身影正从月前划过，月那冷冷的光，清晰地描绘出她的轮廓。一把扫帚上骑着一个女生，女生的肩上趴着一只猫……

"我们回来了！"

"喵——回来了！"

狭小的房屋里没有人，甚至只有当女生回来时，这里才配得上叫"家"。但如果你跟随着从窗外洒进的月光直到窗台时，便会发现一个黑色的小花盆，花盆里住着一株默默等待主人回家的小茉莉，那娇嫩的小身体上还有着一颗晶莹的露珠，摇摇欲坠。

"9997，9998，9999，1……"

它在等自己的主人——月之魔女月离，还有一个讨厌的家伙月之魔女的守护神——夜鲁斯。

"别数了，人不都回来了吗？"小夜矫健地跳上窗台，打了个哈欠。

小沫知道，只要每次从一数到一万，主人就一定会回来，否则一定是自己数错了。

月离将扫帚放在门后，走到窗前，小心翼翼地用手指触碰着那含苞待放的花蕾。

"嗯嗯，长得很好，我以为它会在开花之前死掉。"

小沫正抬着头享受着月离的抚摸与赞扬，旁边冷不丁地冒出一句。

小沫不满地转过头，"小夜，你就不能说点好听的嘛，我也有做很多事情啊。我每天的叶子要努力向上长，每一片都要在阳光下闪闪发亮，吸收足够的水分。看，这是我的成果。"说着，它轻轻摇了摇自己的花蕾。

"切！"小黑猫不屑地瞥了它一眼，开始打起了呼噜。

"呵呵……不要吵了，小沫，我一定会好好照顾你的，要快快开花哦！"

"嗯。"

"这好像比让它寻短见难得多，喵——"

"小夜！！"一个魔女和一株茉莉齐声叫道。

"喵——"。

夜更深了，房间里回荡着此起彼伏的呼吸声。小沫又回想起了刚刚来到这里的情景……

"这是什么？喵——"夜鲁斯疑惑地问。

"是花种。"月离慢慢地说

"如果喜欢花的话可以去花店买啊，或者用魔法，一变就有一大堆。"

"我也是这么想的，但这是蕾蕊送我的。她说我种下去的并不是花种，而是另一种特别的东西。"

"蕾蕊，那个整天和花待在一起的女人？那奇特的东西是什么？"

"我也很好奇，不过她说当它开花时候我便会知道。"

这颗小小的花种在主人的精心照料下，茁壮成长。它有了属于自己的名字——小沫。主人赐予了她说话，聆听的能力。作为月之魔女的月离，应该让自己和黑暗融为一体，但为了小沫健康成长，在窗台上打造了属于她的小天地，让阳光洒亮了屋子里的每一个角落。或许是因为月离对小沫太过于宠爱，失宠的夜鲁斯才总是对它冷言冷语。但小夜是刀子嘴豆腐心，有时主人不在的时候，它还会为它浇水。最后还总是冠冕堂皇地说上一句："我是不想你渴死后，月离伤心才大发慈悲给你水喝的。"

为了不辜负主人的期望，小沫每天都鼓励自己再长高一点，喝足水把每一片叶子都对着太阳进行光合作用。

鸟儿告诉它，它是一株茉莉，茉莉的花很小很白很不显眼……不过非常香！我见过的花中，最香的就是茉莉了。

小沫开心极了，更加努力地想要开花。

有一次，太阳慈爱地说："开不开花这种事情，很重要吗？"

小沫愣住了。

迎春花那么娇艳，可月离只帮自己松开冻土；莲花淡然又美丽，月离也从不在池塘边逗留；桂花的香气熏醉了整个小镇，小夜从没为它们浇过一次水，腊梅的脸都冻红了，小夜都没有帮它们铺过毛。

是啊，开花，不开花，又有什么关系呢？

月离笑了。

第二天早晨，小沫伴随着杜鹃婉转的鸣叫声醒来了。床上已经空空如也，"已经出去了呀！"小沫又开始默默地等待着自己主人的归来。

"1……48……102……"

不知怎的，今天小沫数了3遍一万，主人和小夜还是没有回来，小沫一遍遍地告诫自己，"一定是自己数错了，主人马上就会回来的。"

"1，2，3，4……"

就在这时，房门被一股强大的气流猛地撞开，夜鲁斯被狠狠撞到了墙上，发出一声痛苦的呻吟。黑色皮毛上的伤痕触目惊心。月离喘着粗气，凌乱的长发洒满肩头，她拖着沉重的身子，艰难地走到小沫的面前，手指轻轻地触碰着小沫的花蕾，手指上产生点点的蓝光，小沫感到甘甜的水正浇灌着它的全身，一天没喝水的它确实渴坏了。

"主人，你……你这是……为什么？小夜……它怎么会……"

"嘘！"月离轻轻地将手指贴在自己的唇边，似要开口，却又随即浅浅一笑。"小沫，你知道吗，每一代的月之魔女都会深深地沉睡一段时间。养精蓄锐以后，才能够有更大的力量去守护自己要守护的人啊！"

"那小夜……"

"它只是在回来的途中不小心从扫帚上掉了下来而已，这只刁钻的小猫不会那么容易死去的，它也只不过想休息一下而已。小沫以后不是还要和它斗嘴呢吗？"

"是真的吗？"小沫小心翼翼地问着。现在的一切就像一层薄薄的玻璃，一碰就什么都没了。

"当然！"月离回答得很干脆。没错，小沫请你相信这是真的吧，我怎么忍心告诉你，我们再也不能见面了……我又怎能告诉你，我是一个战斗失败后的逃兵，那一剑闪电般地刺进我的心脏，疼痛感如荆棘刺满了全身。小沫，一定要快点开花哦！至少在知道我欺骗了你之前。

"小沫……让我……睡……会儿………"那双月一般动人的眼睛紧紧地闭上了。一颗闪闪的泪在桌角上绽开了一朵美丽的水莲。屋子里死一般的寂静………

这个夜显得格外安静。清晨，太阳温柔地摸了摸小沫的头，发现她身上水光粼粼。太阳以为那是露珠，却不知道，那，其实是眼泪。这已是第几天了，没有月离的宠溺，没有夜鲁斯的嘲讽，真不知道自己这几天是怎么熬过来的，浑浑噩噩。那天她哭了一个晚上，喊了一个晚上，可回应它的只有那沉寂的夜。小沫告诉自己再等等，主人说过会醒来的，然后守护着我。

"小沫——小沫——"

小沫被一阵轻轻的呼唤叫醒了。

小沫抬起头，发现站在她眼前的是一个清秀的女子。

"我是花神的女儿，蕾蕊。每一朵花开花的时候，我都会为它们实现三个愿望。"

"我——开花了………"是的，她开花了，可是，应有的喜悦却没有降临到它的心头。因为，她唯一想被欣赏的只有两个人，而他们已静静地睡去。

"你说可以帮我实现愿望对不对。"

"嗯。"

"那请你帮我让我的主人和夜鲁斯醒来。"

"……"

"快啊，你不是说可以的嘛？"

"小沫，你应该清楚你的主人是月之魔女月离，而夜鲁斯也不是普通的猫，所以……"

"我不管，我一定要他们醒来，如果一个不行，就用我全部的愿望，甚至是我这一世的生命！"

"小沫……好吧，但这就表示你的一生将要在某一个地方重新开始，而且永远都不能成为像玫瑰、牡丹那样美丽娇艳的花朵。"

"嗯，但是请你不要让我忘记我的主人，忘记夜鲁斯，好吗？"

"我知道，那我们开始吧！"

蕾蕊一抬手，小沫发现自己从小花盆里抽出了整个身子。为了开花，它的根长得很长很长；为了开花，它让自己的茎再高一点，再高一点；为了开花，她让自己的叶子大一点再大一点。这朵小而不起眼的茉莉，终于绽放出了自己的小花瓣。刹那间，那株娇小的身影凭空消失了………

……

又是一年初夏，大片大片的蒲公英悄悄盛开，慢慢舒展着雪一般的瓣羽，清幽的溪畔，和煦的阳光，似是初夏，却又似飘洒过一场白雪。

蕾蕊来到一株小蒲公英前。

"我是花神的女儿蕾蕊，我可以实现你三个愿望。"

"请你送我到月之魔女月离和她的守护者夜鲁斯那儿，好吗？"

蕾蕊愣了愣。

"好啊！"

……

花为"母亲"

谭锦霞

夜，很美很美。四周，不时传来鸟叫声。

月光下，小猫花花默默地坐在椅子上，手里紧握着一张写满字的纸，脸上的表情有些严肃，眉头也紧锁着，似乎在等待着什么的到来。

伴随着时间的流逝，她终于深深地叹了口气，嘴里还小声地念着："妈妈。"眼角，已有些湿润；思绪，也不知不觉飘向了远方。

一个月前，花妈妈带着她的女儿花花来到一间神秘的屋子里，屋内亮着灯，没有别的什么。花花疑惑不解地望着妈妈，花妈妈笑而不语，闭上眼睛，手在画着什么。尔后，只看见屋内出现了一盆花。那花是淡淡的紫色，夹杂着点点粉红。香味沁人心脾，花花不禁陶醉不已。突然，屋内的灯关了，但并不是一片漆黑，那花闪着晶亮的光，仿佛花枝还在摇摆着，一阵阵令人琢磨不透的香气扑鼻而来。

"怎么样？喜欢吗？"花妈妈微笑着。

"这，这太不可思议了！"花花一边指着那盆花，一边惊讶不已地望着妈妈。

"呵呵。"花妈妈抚摩着花花的头，微笑在嘴角绽开。

"妈妈，这花叫什么名字？"

"叫'母亲'。"花妈妈的脸突然变得严肃起来。

"母亲？呵，为什么叫母亲呢？"花花歪着脑袋，眯缝着一只眼，疑惑地问。

"因为——"花妈妈似乎想说什么，却又什么也没说。

"花花，现在几点了？"花妈妈转变了话题。

"12点，怎么了？妈！"

这时，花妈妈的身体开始变得透明起来，渐渐地，越来越透明。

"妈妈，您到底怎么了？！"花花想要抱住妈妈，却什么也没抱住。

"孩子，请记住，看到花，就如同看到妈妈。"话音刚落，花妈妈便消失得无影无踪。

"不，不要，妈妈！——"花花声嘶力竭地喊着，手也一边胡乱地在抓着什么。可失去的，就再也回不来了。

"妈妈——"花花上前抚摩着那盆叫做"母亲"的花，泪像珠子一般哗哗落下。

连日来，花花一直努力寻找着妈妈，可放飞的是希望，收回的却总是失望。一天，花花又想到了一个好注意，但并没有抱以太大的希望，她也决定了，如果这一次还没找到妈妈，她也要好好地过下去。

今夜的花圃里。这个村子里的动物几乎都来了，迫不及待地找了个位置坐下来，有些还按捺不住自己的好奇心，站起身来，探头向里面望去，可四周一片漆黑，什么也看不见。

大家都在窃窃私语，一副副困惑的表情，直到四周出现明亮的灯光，直到花花站在大家面前。

花花手里捧着一盆花，淡淡的紫色，点点的粉红，又带有沁人心脾的香味。这，不就是"母亲"吗？

"今天贴出启事，是想请大家来给这花取个名字。"花花冷漠地说，脸上的表情十分淡然。

"哇！好美的花！！"在场的人，都议论纷纷。

"大家安静一下，"花花的话，没有一点温度，"现在开始吧。"全场立刻肃然无声，都纷纷琢磨起来。

"我给这花取的名字叫'淡嫣'。因为它浑身上下都给人一种淡淡的感觉，但依旧那么美丽。"一只穿着黑色燕尾服的狗幽雅地站起身来，津津有味地说道，还眯缝着眼睛，耸着双肩，自我陶醉着。

回应他的，只是花花轻轻地摇头，眉宇之间，流露出她的失望。

"我取的是'星星灯'。因为我觉得它跟天上的星星万分相似，同样那么美丽，同样那么令人沉醉。"一只可爱的小白兔笑眯眯地望着花花。

听罢，花花只是无奈地摇摇头，默默地叹息着。

"它应该叫……"

花花欲言又止，她已听了不下20个名字，可每一个名字，都加重了她的失望，她深叹一口气，淡笑着，拖着疲惫不堪的身体，艰难地一步一步地往屋内走去。

大家见罢，都沉默不语，渐渐地，一个一个站起身来准备回家。就在花花快要关上门的那一刻，就在大家都准备离开的那一刻。一个和蔼又略带沙哑的声音响起，使大家都停止了手上的动作——

"这花的名字叫做'母亲'。"

花花霎时愣住了，猛地打开门，开始寻找声音的源头。终于，在花圃的门口，她看到了一个苍老的身影。

"你，你是谁？！"花花的一举一动，处处都显露出她内心的激动与惊喜。

"我，呵，我是你母亲的朋友。"这个"身影"微笑着。

"朋友？！我怎么从来没见过你，你贵姓？"花花半信半疑。

"我的名字，就是你们所谓的——上帝。"这个自称是"上帝"的人说着。

"什么？！上帝？！"花花不可思议地盯着他。

"是的。你的母亲叫我把这个转交给你。""上帝"不知从什么地方拿出了一盆花。

"……"花花一言不发，久久地看着这盆美丽的花。

"另外，她让我告诉你，她过得很好，请不用牵挂。祝你幸福、快乐。""上帝"说着，便慢慢地从大家眼前消失。

"淡乐……"

花花轻声念着这花的名字，尔后，默默地注视着它，眼里，闪着晶亮的泪花，情不自禁地想起了它的花语：

最能祭奠忧伤的，只有淡淡的快乐。

花瓣随风而飘，花花的心在风中荡漾。

她捧着"母亲"，淡淡地笑了。

小鸡凶杀案

于思萌

"不得了了，鸡大婶家刚出生两天的宝宝被害了。"鸭大妈拍着翅膀一路跑一路叫着。大家听到喊声一起来到鸡大婶家。只见鸡大婶正在小鸡的床边"呜呜……"地哭。小鸡的床是用暖和的草铺成的。现在，只剩下了几根杂草。整个床都塌进了土里。土里还有小鸡的斑斑血迹。

斑马探长分开人群向案发现场走来。突然他停下脚步，低头抓起一条蚯蚓说："我觉得脚下怎么滑滑的，原来是蚯蚓呀。"

"咦？蚯蚓你是不是感冒了，身体怎么这么凉？"斑马探长奇怪地问。

蚯蚓伸了伸懒腰说："好困啊，我也不知道怎么了。"

斑马探长来到鸡宝宝的床前，一边在小鸡的床边走动，一边自言自语："小鸡的床怎么会陷进土里呢？"

"为什么小鸡却没有一点挣扎呢？"

"小鸡床边的细土为什么好像被什么东西翻过似的？"

这时，一只老鼠东张西望、探头探脑地走过来。斑马探长一把将他抓过来说："是不是你干的，为什么躲躲闪闪的？"

老鼠急忙申辩道："不是，我的脚受伤了，怕你怀疑我。所以，我才将受伤的瓜子藏起来的。"

斑马探长放下老鼠，又用手抓起了一把细土。这些细土有些凉凉的感觉。而仔细看这些细土，明显是被蚯蚓翻过的。种种迹象表明。小鸡的死一定和蚯蚓有关。莫非害死小鸡的就是蚯蚓，如果是蚯蚓，一定也是大量的蚯蚓。大量的蚯蚓挖松了鸡宝宝床下的土。鸡宝宝在睡眠中不知不觉就掉进了陷阱。

这时，刚才被斑马探长踩到的蚯蚓慌张地说："不是我，真的不是我干的。再说我也不吃小鸡呀！"

"对呀，对呀。"大家齐声说道。

如果是蚯蚓，小鸡的床也不会陷进去这样深呀，而且正如大家所说，蚯蚓也不吃小鸡呀。那小鸡是怎么死的呢？

斑马探长又陷入了沉思中！

陷阱、冰凉的土、蚯蚓、鸡宝宝的床……

斑马探长扶了扶眼镜说："蚯蚓就是凶手，但是吃小鸡的不是你，你是被利用的，真正的凶手是……"斑马探长重新将老鼠抓起来说："就是这只老鼠。"

"怎么会是我呢？如果是我干的，我跑还来不及呢，怎么会在这看热闹。你看过这么傻的老鼠吗？"

"是呀，是呀。"大家又异口同声地说。

斑马探长放下老鼠说："其实这正是老鼠的高明之处。我刚才来现场的时候，踩到一条蚯蚓。当时蚯蚓的身子很凉，我就感觉有些奇怪。而小鸡床边的细土明显是蚯蚓翻过的，而且这些土还有些湿。因此我断定，有人利用蚯蚓来作案。"说完，斑马探长打开喜洋洋笔记本电脑，在动物网站上搜出蚯蚓的小页面。上面写着：蚯蚓在0度－5度会处于休眠状态……

斑马探长又继续说道："你们看，小鸡的床陷进去这样深。因此有人在小鸡的床下早就挖了一个洞。但是这个洞和小鸡的床之间没有完全挖通。目的就是想利用蚯蚓作案。这也是凶手的聪明之处。他在蚯蚓熟睡的时候，将一块冰放在了他们的床前。在这些蚯蚓进入休眠状态之后，将他们放在了小鸡床和下面的洞的夹层。随后，他就在洞里美美地等鸡宝宝送入自己嘴里了。蚯蚓苏醒之后，因为太饿了，就用力爬着去找吃的。因此小鸡的床与下面洞的隔层很快就挖通了。而老鼠就在地下美美的吃掉了鸡宝宝，然后混入其中。给我们制造了蚯蚓杀人的假象。而我刚才抓起老鼠看时，老鼠伪装自己的爪子坏了。可是却瞒不过我。我这里有个测验仪。"斑马探长晃了晃手中的东西："老鼠，要不要测测你脚上的血是不是你自己的呀？"

"不用了，不用了，我说还不行嘛。你说的一点儿不错，小鸡是我吃的。"

斑马探长笑了笑说："好，把老鼠带回去！"

斑马探长刚要跨上摩托车时，老虎追上来说："斑马探长，请您借我用一下这个测验仪。我想测测小老虎有没有偷吃家里的小鸡。"

斑马探长哈哈大笑："忘了告诉大家了，这不是测验仪，其实它就是一个打火机。我只是想用这种方法让老鼠说出真相。"说完，拿出一根烟，用打火机点上火悠然地抽起来。

而在警车里的老鼠看得目瞪口呆！

永远的守护天使

杨开烨

　　我的世界变成了湖蓝色，什么也看不见、听不到……我蜷缩在一个不起眼的角落里，享受着一个人的孤单，在这没有一点杂质的湖蓝色里，忘了时间，也忘了自我，想静静地睡上一觉。脑子里一片空白，眼前一片茫然，静静地，静静地……我睡着了，好像再也不会醒来。可我内心深处却有一个梦想，想春天、想百花盛开、想鸟儿的歌唱……

　　直到有一天，一个折断羽翼的天使落进了我的世界。在她的脚步声中，我突然惊醒，脚步声越来越近。我看见了她，穿着白色似轻纱一般的衣裙，一直垂到了小腿肚，乌黑的长发下面是一双折断羽翼的翅膀，一张娇小的脸蛋上，哭红的大眼睛，还闪着泪光……

　　她看见我，擦擦眼泪说："你怎么也在这儿呀？"

　　"我迷路了，再也走不出去了。"

　　她一语不发便陪我坐下了。

　　她来了，我的世界就变得五颜六色。无聊的时候，我们就坐在缀满星星的夜空下，一起数星星，更盼望着一颗流星划过夜空。

除了数星星，我们还天天叠着千纸鹤。我们小心翼翼地叠，生怕哪一边没对整齐，生怕一棱一角叠得不够尖。我们一个劲儿地叠着，认为千纸鹤会指引我们找到出口。

一只，二只，三只……一千只

折了一千只了！

我们把千纸鹤用透明线穿好，挂在湖蓝色的世界。

这个世界里挂满了千纸鹤，一只只展着翅膀旋在空中，真漂亮！顺着千纸鹤找出口，才发现我们还不知道对方的名字。

"你叫什么名字？"我问她。

"我叫听雨，你呢？"

"我叫依然。"

走着走着，突然千纸鹤动了动翅膀，飞了起来，我们跟着它们狂奔。千纸鹤在一个地方停了下来，转了几圈，一个接一个地消失了。我们没有看到这里与别处有什么不同，失望地坐下来，数着星星。但我们相信这儿有我们如愿的东西。累了，闭上眼睛睡着了，听雨也靠在我的身上睡着了……

我做了一个梦，梦见一颗流星划过夜空，我正要许愿，却醒了。揉了揉眼睛，看到一颗流星从星空上滑落下来，我清醒了，这不是梦，这是真的！我拼命地推醒听雨。

"我看见流星了！我看见流星了！"我激动地喊着。

听雨默默地许了一个愿，正当我准备许的时候流星已经消失得一干二净了。

"我们终于可以出去了！"听雨高兴地说。

"只有你一个人出去。"我小声地说，但还是被她听到了。

"什么？为什么？"她着急地说。

"我还没来得及许愿……"我失望地说："我想我们在一起的时间不多了。"

"我不想离开你！"听雨把我抱得紧紧的，一双大眼睛里涌出了眼泪。

"我也是！"我对她说："如果你觉得欠我很多的话，下辈子做我的守护天使好吗？"

她重重地点了点头。

她变得越来越轻，飘了起来，飘得越来越远。

"听雨，听雨……"我跟着她飘走的方向追去，直到再也看不到她的身影。

星空里还有回声，听雨一直在喊"依然，依然……"

一声声回声总是一遍遍重复着，不愿消失，我也一直喊，一直喊……直到喊累了，倒在地上，仰望着漫天的星星，最后一声回声也飘飘荡荡地消失了。

只有我一个人了，又只有我一个人了，再也忍不住了，放声大哭起来。现在才感觉到，一个人是多么孤单，是多么难过，孤单难过的日子是多么难熬。

我又睡着了。

当我再次醒来时，明媚的阳光暖暖地照在身上，花儿鲜艳地开放，鸟儿欢乐地歌唱。我想起了在黑暗中消失的听雨，想起了听雨的许愿……

两只小虫虫

张　镝

　　青翠嫩绿的草丛里，生活着两只小虫虫，一只叫维拉，一只叫维奇。他们俩都长着疙疙瘩瘩、粗糙皱巴的外皮，看起来真倒人胃口。不过，两只小虫虫对自己身上穿的这套"服装"有着截然不同的看法：维拉一点儿也不嫌弃身上的皮，认为它十分重要；维奇却非常厌恶，恨不得一下子把它甩掉。

　　怎样才能蜕去这张难看的皮，让自己变漂亮呢？维奇看见大猩猩光着屁股在石头上磨蹭，他灵机一动，也学大猩猩的样子，身子在石头上不停地磨呀擦呀，好把皮磨掉。"功夫不负有心人"，维奇费了九牛二虎之力，总算把粗糙难看的外皮给磨光了。现在，维奇的身子虽然变得光溜溜的，但也不怎么美观。这可难不倒维奇，草丛里有的是颜色五花八门的野花，维奇采了一些色彩鲜艳的花朵，然后把它们碾碎，把花汁一一涂在自己的身上。转眼间，维奇就跟变魔术似的，把自己装扮得绚丽多彩，很像一只来自天堂的"花花虫"。

　　维拉发现维奇把皮给蜕了，非常吃惊，对他说："我们的皮很重要，不能随便蜕掉的！这样你肯定挨不过冬天，到时你可能会被冻死的！再说……"

"住嘴！别再跟我讲你的破道理，明年春天我会变得比你更美丽！"维奇不等维拉说完，立即打断她的话。

维拉见劝不了维奇，只好由她了。

维奇和维拉走在一起，动物们瞧见了维奇，都啧啧称赞："哇，快看啊，这里有一只非常奇特的小虫虫，他身上五颜六色的，真是美如鲜花啊！"他们再看看维拉，立即显出一副鄙夷的样子："唉，另外那只小虫虫，浑身疙疙瘩瘩的，难看死了！"

维奇听了心里美滋滋的，转过头来对维拉说："怎么样，我很漂亮吧？你真傻，干吗不学我呢？"

"……"维拉无言以对。

有了这件美丽的"花衣"，无论维奇走到哪里，都能听到赞美之辞。维奇开始有点飘飘然了，越来越瞧不起维拉，觉得跟她走在一起简直有失自己的身份。于是，维拉只好独自一人生活了。

秋天即将过去，维拉赶紧吐丝做蛹。

冬天来临了，北风卷着雪花，呼呼地刮过树梢。寒风刺骨，冷得直让人打哆嗦。维拉裹在蛹里，舒舒服服地睡大觉。

大雪纷飞的冬天结束了，生机盎然的春天接踵而至。这时，维拉破蛹而出，她已变成了一只美丽动人的蝴蝶！

维拉四处寻找维奇，她找遍了所有维奇可能藏身的地方，最后，她在一棵老槐树的树洞里发现了一只蜷缩成一团的小虫虫，他身上还残留着花花绿绿的色块。维拉一眼就认出他是维奇，不过，这时维奇的身子早已风干了，看不到任何生命的迹象……

口袋里的太阳花

马睿真真

　　彩虹森林，又叫太阳花森林。之所以有这样一个名字，是因为在森林里，每家门前都有一丛绚烂多彩的太阳花。一大丛一大丛的，连起来就成了一道彩虹。而更让彩虹森林闻名的，却是森林深处一朵巨大而美丽的太阳花。不知为何缘故，每年森林里的居民都会去虔诚地膜拜。

　　今天，袋鼠萨拉领着小女儿莉莉来到了这朵太阳花旁。已经有许多小动物手中提着灯笼聚集在太阳花旁。太阳花上方密密的枝叶滤掉了阳光，阴影中闪烁的点点灯火连成一个以太阳花为中心的光圈，抒发着动物们无声的哀伤。这是莉莉第一次来祭拜，她不明白为什么大家要打着灯笼来看太阳花。她拽了拽萨拉的衣襟，悄悄地问："妈妈，大家为什么要来这里啊？他们在干什么呢？"萨拉饱含深情地看着太阳花，叹了口气，把莉莉拉出人群，压低了声音说道："孩子，我给你讲一件森林里的往事吧……

　　"那是四年前了吧，在我刚刚成年的时候，森林上空整日都被阴霾笼罩，我有好长的时间都没有见到过一缕阳光。森林里的各种植物开始渐渐发黄、枯萎，动物们都莫名其妙地传染上了一种可怕的病，只要被传染上，先是发高烧，然后身上就会出现很多不规则的红斑，奇痒无比，用手挠后，红斑就会溃烂并流血不止，用不了一个小时，便会在极度痛苦中死去，根本无药可治。最可怕的是，大家竟然不知道这种病是通过何种途径传染的！我的爸爸和妈妈，就是在这场灾难中去世的……

"一天中午，我和姐姐萨苏去森林边缘采摘药材，正当我们小心翼翼地低头采药时，我突然感觉撞到了什么东西。抬头一看，原来是一个精灵。姐姐忙站起身，对精灵道歉。精灵摆摆手：'没关系的。对了，我看这森林上空笼罩着沉沉的阴云，空气中还弥漫着阵阵恶臭，是不是发生什么事了？'姐姐就原原本本地把这件事告诉了精灵，并向她求救。精灵沉思许久，说：'治好这种病的唯一方法，就是阳光。可你们这里乌云密布，阳光根本就照射不进来！这样吧，我送给你们一粒太阳花种子，每当开出一朵太阳花，它就可以化作一道阳光。当太阳花开遍森林时，它汇聚到的能量就可以驱散乌云，让阳光照射到森林里，回去以后一定要好好栽培。但是切记：只有让种子生根发芽，才能让太阳花永远地留在彩虹森林，赶走瘟疫，拯救森林……'

"姐姐把种子放到口袋里，谢过了精灵，领着我匆匆往家跑。回到家里后，我发现姐姐的口袋里盛开出大朵大朵、五颜六色的太阳花。姐姐又惊又喜，来不及多想就去挨家挨户地分发太阳花。很多奄奄一息的小动物都被姐姐救活了，每一户居民都得到了一朵灿烂的太阳花。阳光又重新回到了森林。

"那天，姐姐送出了最后一朵太阳花后刚回到家里，松鼠大叔和白尾狐妹妹就前来拜访，同时也带来了非常糟糕的消息：他们家的太阳花不知为何开始枯萎了。而被瘟疫传染的白尾狐小妹和松鼠小弟，原是被姐姐治好了，这会儿又复发了，生命垂危呐！

"姐姐听了，长叹一声：'我怎么没想到呐！这些太阳花都是摘下来的，离开了根又怎么能生长呢？'她摇了摇头，以一种从未有过的忧伤和坚定的目光看着我……姐姐似乎下定了决心，然后慢慢地走出家门。一种不祥的预感涌上我的心头。我追了出去，却看到太阳花正从姐姐的身体里长出来。

"'姐姐！姐姐！'我大喊道。姐姐忧郁地笑笑：'萨拉，我已经把太阳花种子放进了我的身体里，你还记得精灵曾说过的话吗——只有让种子生根发芽，才能让太阳花永远地留在彩虹森林，赶走瘟疫，拯救森林。为了我们的家园，我愿意化作一朵永不凋零的太阳花。帮我照顾好莉莉……'

"沉沉的阴霾在姐姐未尽的话语中被驱散了，阳光洒遍了彩虹森林的每一个角落。"

"哦，这么说，是姨妈救了我们呐！"莉莉惊奇地说。

"不，孩子，她正是你的妈妈呀！"萨拉沉重地摇摇头说，"当那瘟疫即将传播时，姐姐刚巧生下你。她在生命的最后一刻要我照顾好的，就是你啊！"

"妈妈……妈妈……"莉莉凝视着太阳花，泪珠夺眶而出"我会永远守护着你——那棵最美丽的太阳花……"

风吹过，身旁的太阳花随风摇曳，远远望去，宛若一道美丽的彩虹。

只想看看你的微笑

孙菁祥

天使菲律要去执行上帝的任务，它要去守护叫做玉晶儿的女孩。

玉晶儿是个活泼的女孩，她经常笑，对着花儿笑，对着小河笑。

世界上最美的东西就是笑。菲律喜欢看着玉晶儿笑，因为上帝告诉它爱笑的人是善良又美丽的。玉晶儿的笑使菲律感到丁香花般的香气和温暖，玉晶儿就算流着眼泪都不忘笑一笑，在菲律眼中她是那么的坚强和纯洁啊。

但是有一天，玉晶儿哭着跑入树林，她没有对着花微笑，而是一直地哭，眼泪滴到黄土中牡丹的花骨朵里。菲律从没有看见玉晶儿这样伤心，菲律不知道玉晶儿的父母感情不好，好几次提出离婚，玉晶儿都听在耳里，记在心上，就当什么都不知道。在外面吃了气，受了委屈，甚至摔伤了都不给妈妈说。最近爸爸妈妈又吵了起来，他们闹得好厉害呢，这已经不是第一次了。

玉晶儿还是经常笑，对着同学笑，对着天空笑，但是她开始讨厌那个家，她害怕一回到家，就看到爸爸妈妈那绝望般的面孔和强扭的笑容。她希望能让爸爸妈妈笑起来，所以，她在爸爸妈妈面前总是笑，一副很高兴的样子，虽然她一回到家里，眼泪就在眼眶里打转，但是她还是会用微笑包住泪水，让泪珠从脸上滚到心上。

玉晶儿想：为什么，为什么，总是这样，吵了好，好了吵，既然这样，当初何必选择对方，既然选择了，为什么到现在还不能信任对方呢？

她责怪自己不能帮上什么忙，也怪父母，不能认清自己的路。但玉晶儿对爸爸妈妈的爱到底该怎么补偿呢？是就此撒手，任其听天由命；还是继而纠缠，忍受纠纷之苦？她选择不了什么……

玉晶儿从妈妈床头的小柜子里拿出一瓶药，那是安眠药。她把头发梳成两条辫子，穿上妈妈给她买的红色的格子裙，穿上爸爸买的白色回力鞋，走到树林里，躺在花丛里……

当爸爸妈妈发现她的时候，玉晶儿躺在丁香丛里，嘴角上挂着最美的微笑，在她身边留了一张纸条，上面写道：我从我的坚信中出生，笑是我的生命，爱的微笑是最美的，妈妈，会笑的生灵是活跃的，我想用我的身躯告诉你，我只是想看看你的微笑。

菲律牵着玉晶儿的手，把她带到天池，那里开满了美丽的丁香花，就像玉晶儿的微笑一样美。天池闪着光，倒映着许多笑脸，月亮把池水照亮，水中的妈妈在笑，爸爸也在笑。甜甜的笑，比丁香花的花朵还要美……

精灵龙小弟

刘泽良

走在草地上，呼吸着新鲜的空气，听着鸟鸣，感到格外的舒服。这便使我情不自禁地咏起了朱熹的《春日》"等闲识得东风面，万紫千红总是春"。

刚咏到这里，忽然天空暗了下来，一道亮光划破天际，接着一颗像星星一样的东西重重落在我的面前，"咚"一声巨响，地面被砸了一个小坑，小坑下面有个金黄色的蛋，我随手拿了起来，仔细地看了看，并没有觉得它有什么异样，于是顺手把它装在衣兜里玩去了。晚上回到家实在太累了就早早地睡觉了，可在不知不觉中好像有什么东西在"吱吱"地乱叫，我睁开眼睛迷迷糊糊地看着，眼前的一幕差点吓死我，我看见我的衣服在慢慢蠕动，还有壳裂开的声音，还没等我回过神来，"啪"的一声衣服被抛在一边，从里面钻出一个古怪的东西，龙头人身，一对长长的翅膀，满嘴尖牙，眼睛发出幽幽的蓝光，满身流着黏稠的液体，慢慢地向我走来，我一时不知所措，害怕极了，担心这个小动物会伤害我，只见它把手向上伸起，拍着胸脯轻轻地说道："卡尔，卡尔，朋友朋友！"它在干什么，在说什么，我头皮都炸了，我可从来都没有见过这种动物，还会说话。看到它没有伤害我的意思，我就放大胆对它说："你是谁，你从哪来，你是叫卡尔吗？你可不许碰我。"它好像听懂了我的话，站在原地一动不动，然后一字一句地对我说："我—们—是—朋—友，你救—了—我，我—会—满—足—你—的—愿—望。"一听此言，我不害怕了，原来是我救了它，给了它一个容身的空间，我想都没想就说："你能满足我的愿望是真的吗？我想当宇航员去探索外星球，你能办得到吗？"它说："这—个—太—难。"我一听就泄气了，还说能满足我的愿望，什么吗？白高兴一场。这时它又开口了，"你—如—果—想—去，只—能—有—这——一—个—愿—望—可—以—实—现。"我管它一个两个，先答应了它再说，于是我不假思索地点头同意，可是它的表情并不很快乐。我困极了，不再理它，便睡觉了。第二天我醒来时，便去找那个叫卡尔的小精灵，咦，去哪儿了？正当我专心致志地找它时，突然从空中飞过一个东西，重重地落在我的肩膀上，我吓了一跳，扭身一看原来是那个小精灵，真调皮，我摸了摸，它比刚出来的时候光滑了许多，样子也可爱了许多。我说："你会飞，你能飞多高？你能飞到太空吗？你愿意做我的朋友吗？你什么时候带我去？"我一连串的问话让它一时难以回答，它费力地说："行—行，会—会，八点—八点"。

我一看表已经快到点了，赶紧收拾行装，准备出发，首先它把我带在了身上，用翅膀护住我，然后小精灵对着天空猛吹几口气，这时我突然感觉风呼呼地从我们身边吹过，这阵风慢慢地把我们托起，小精灵顺势挥动着翅膀用力向上飞。这是我第一次飞翔，感觉真好，能看到蔚蓝的天空，朵朵的白云，那种自由自在的感觉真是惬意极了。如果我要有一双翅膀该多好，想飞到哪里就能到哪里。

当我正在陶醉时，一道耀眼的光芒直射过来，一个像火球一样的东西向四面八方散发着光和热，我惊叫："到了到了，那不是太阳吗？你看它正在热情地跳舞迎接我们呢。"我仔细地观看着周围，它就像一个天然牧场，太阳就是这个牧场的主人，一层层金黄色的光环笼罩着凹凸不平的表面，一群群发光的亮点分散在四周，一簇簇的云团像许多的大面包，一堆堆的陨石堆在一起，变化不定。还有许多的星座，相处得十分亲密，我数了数有88个，这些星座会随着时间、地点、季节的变化而变化，你看猎户座多像一个看门的侍卫，腰佩短剑，手持弓箭，保卫着这片净土。大熊座因为太像熊，所以因此得名，只要我们认识了大熊座，就可以在夜间辨出北方的正确方向了。牧夫座和猎犬座相互依偎着，说着悄悄话。室女座则像一位天使，每当太阳牧主走到这里时，便是它收获的金秋季节，会给人类带来丰收。双子座它像两个人一样紧紧拥抱在一起，头靠着头，肩并着肩，它位于猎户座的东北方，与银河之西的金牛座隔河相望，是十二个黄道星座之一，在它之中还有一个流星群，据说每年的12月11日前后流星雨从那出现，每个人在看到流星雨后都会许愿，让自己美好的愿望实现。当流星雨出现时，特别美丽，几道流星划下，如沙包从天上落下来。英仙座和处女座谈着恋爱，它们请了最好的照相师金牛座来给它们拍照。我一边欣赏着，一边回味着，不是小精灵催我，我早已忘记自己是在太空里，我说："小精灵，是你实现了我的这个愿望，谢谢你。"

　　小精灵笑了笑，带上我飞回了家，从此我和小精灵相处得十分融洽，我们成了无话不说的好朋友，它还给我介绍了许多我不知道的新鲜事，有趣的事，乐得我嘴都合不拢，每天有这个小精灵给我做伴，我的生活变得太有意思了。

老虎的屁股大家摸

王蓓蓓

　　自从实行了改革开放政策，动物王国也今非昔比了。许多动物下海经营，渐渐发了。瞧，小兔乖乖开了家歌舞厅，熊猫笨笨开了家网吧，小猫咪咪开了家美容院，猴子乐乐开了家健身中心……每天顾客盈门，生意蒸蒸日上，大家伙的腰包一天比一天鼓起来了。

　　可是，昔日"大王"老虎威威却因好吃懒做，至今仍然两手空空，一贫如洗。看到自己从来不放在眼里的小乌龟也开起了"奔驰"，住起了洋房，老虎威威也羡慕起来。于是他准备找份活儿干干，赚点儿钱。听说一家大酒店正在招聘服务生，他决定去试试。可坐享其成的老虎威威享福惯了，哪受到了这份折腾啊！不但要干这干那，还要被那些它从来不正眼瞧的小动物们呼来唤去，实在是咽不下这口气！干了一天他就辞职了。

　　霓虹灯闪烁，劳累了一天的老虎威威耷拉着脑袋，在繁华的大街上游荡。饥肠辘辘的他不小心撞在了一扇透明的玻璃门上，威威抬头一看，那是一家职业介绍所。他迟疑了片刻，便推门而入……

　　第二天，动物王国的新闻广播城播出这样一条消息。

亲爱的动物朋友们，告诉大家一个好消息。俗话说，老虎的屁股摸不得，可这即将成为历史了！老虎威威的屁股就可以摸！只要肯花钱就可以尝试，地点在森林游乐园，欢迎大家光临！

　　"哗——"一石激起千层浪！动物们纳闷了，昔日的大王威威肯这样做吗？强烈的好奇心驱使大伙来一以游乐园。小白兔买了张门票，半信半疑地走了进去。其余的动物们焦急而又耐心地在门外等候消息。过了一会儿，小白兔心满意足地走了出来，证实了确有此事。动物们纷纷开始抢购门票，游乐园门前排起了长龙般的队伍……

　　太阳快要落山了，游人渐渐散去，老虎威威眉开眼笑地数着眼前大堆的钞票，圆圆的虎目弯成了一对月牙儿。

　　几个月之后，威威成了大款，它想重振往日雄风，可是已经没有人再怕他了。其实和平共处挺好的。

Q版三国

余　烨

话说东汉末年，天下分裂，曹操、孙权、刘备三人在生意竞争场上群雄逐鹿。最强大的还是要数魏国了，接下来是吴国，小瘪三肯定是蜀国。魏国的曹式烧烤集团在世界已有几亿家连锁店，加盟店更是数不胜数。吴国仅靠孙式大力丸就保住了几千年销售第二的名额，江湖俗称"千年老二"。蜀国经营的刘式打铁铺至今还没有一个客户。刘备在"龙椅"上急得头发都白了。

"报、报、报"徐庶边打招呼边闯进"皇宫"。"军师，有什么事？是不是房东又来要租金了，还是水电费，又来催我们交钱了……"徐庶上气不接下气地说道："什么都不是，是……是有顾客光……光临了！"刘备一听这消息立即从"龙椅"上跳了下来，直奔店门口。只见一位拄着拐杖的老太婆站在门口，还没等老太婆开口，刘备就急于发话："阿姨，你需要打什么铁器？要用什么铁打？先看一下我们的价格表。"老太婆先是一愣，然后边笑边说："小伙子，吴式大力丸你们这有得买吗？"众人晕菜。

"老大，再这样下去可不行啊，别说付工钱，就连兄弟们吃饭的钱都没了。"徐庶皱着眉说。"唉！天要亡我！"刘备像妇女那样边哭边说。"老大，不然我们先借高利贷，聘请卧龙先生来做军师！""唉，也只有这样了。"刘备长叹道。

"张飞、关羽！"刘备喊道。

"末将在！"两人答道。

"本王这次交代的事至关重要，不能出半点差错！……"

还是关羽反应快，一听是大事立刻说："主公，既然是大事，咱们得提防着点，俗话说隔墙有耳！"说着三人围在一起讨论起来。

几天后……

"喂，是诸葛亮家吗？"张飞叫道。

"Yes，what is your name？"书童笑眯眯地说。

"屁，什么鸟语！"张飞吼道。

"贤弟，平时不好好学英语吧！这次傻了吧？"关羽说道。

"喂，诸葛先生在家吗？"关羽问。

"哦，对不起，他不在，他赴美去看Lingking Park的演唱会去了！"书童彬彬有礼地说。

"咋，他说什么？"张飞问。"哦，他不在家！"关羽答道。

几天后，刘备见诸葛先生还没反映，想通过QQ来缓解自己心头的忧愁，但他打开电脑一看，呀！有一封信。噢，原来是诸葛先生给他的回信。约他1月1日在"吴工喜来登国际大酒店"会个面。

到了那天，他和诸葛先生一见如故，彼此推心置腹。后来，诸葛亮拿出一本经营秘方《钢铁是怎样炼成的》。刘备翻阅后大喜："好书！好书！以后我们全仰仗它来推动我们的事业了。"

果然，没过几年，刘式打铁铺便一举成名，销售排行世界第一。

松鼠兄弟

陈伊然

在一片深山老林里，住着两只可爱的小松鼠，两人从小就相亲相爱，没有闹过一点矛盾，但是有一天，小松鼠兄弟却不知为什么吵起架来……

太阳渐渐从地平线上升起来，鸟儿在枝头上"叽叽喳喳"地叫着。

松鼠哥哥早早地起来采松果，而弟弟还在熟睡。哥哥临走前，还特意到弟弟的床边看了一眼，帮他盖上了被子。

太阳当空时，松鼠哥哥回来了。松鼠弟弟连忙跑到哥哥面前，看见他手里空空的篮子，立刻低下了头，眉毛也耷拉下来，松鼠弟弟失望地坐在沙发上。

"哥哥，今天怎么连一个松果也没有采到啊？"

"我……我也不知道，但我只知道，我很累。"松鼠哥哥气喘吁吁地说。

"那咱们今天吃什么？"小松鼠无精打采地说，"哥哥你真笨，这几天，我连一点松果粒都没吃到。"

"如果你说我笨，那你自己去采松果啊！"

"哼！谁说我不行，我采得一定会比你多！"小松鼠飞快地拿起篮子，大摇大摆地走出了家门。

一个小时过去了，两个小时过去了，三个小时过去了……松鼠哥哥有些担心了。

就在他正准备出门时，小松鼠回来了。只见门口站着的小松鼠，两手空空，浑身上下都是脏兮兮的泥巴，满脸愧疚地望了哥哥一眼，就晕倒了……

哥哥不忍心看着弟弟饿肚子，就拿起篮子，迈着紧张而沉重的步伐，走向充满危险的松树林边缘。

翻过一座山，翻过两座山，又翻过第三座山，松鼠哥哥终于来到了松树林。

他走在松树林里的小路上，听见了远处传来的狼嚎，汪汪的狗叫声，虽然自己也很害怕，但为了弟弟的身体，他鼓起勇气，没有退却。

……

"咚咚咚咚"，一阵又小又无力的敲门声，小松鼠一听就知道是哥哥回来了。

"哥哥，你真慢，怎么这么晚才……"

当小松鼠看到哥哥的手臂上有狼的爪印、狗的牙迹，还有那满满一篮子松果时，小松鼠的眼角很快湿润了。

"快吃吧。"哥哥的声音虽然有些沙哑，但在小松鼠听来是那么悦耳，那么动听，就像小音乐家演奏出的乐曲，又像百灵鸟的歌声那样美妙。

就在那一瞬间，小松鼠"哇"的一声哭了起来，又伤心又快乐地抱着哥哥："哥哥，我不再无理取闹了，我再也不会说'你真笨'了，请你原谅我吧！"

"我从来都没有恨你。"哥哥会意地对弟弟笑了笑。这笑发自内心，是欣慰的笑。

一眨眼的时间，五年过去了，小松鼠渐渐长大了。

一天，小松鼠出去采松果，不知不觉中走到了小时候他和哥哥曾经住过的地方。"咦？怎么会有一棵松树呢？太奇怪了！"。他顺便摘了一颗松果："啊！真好吃！"

一阵清风吹过，松树叶"哗哗"地响，他仿佛听到了哥哥的声音："快吃吧！"

过了很久，小松鼠才知道，为了能让自己吃到最喜欢吃的松果，哥哥在五年前种下了这棵松树。忽然间，小松鼠明白了：哥哥的爱是伟大的，哥哥的爱是无私的！哥哥过去做的一切不都是为了我吗？他真是我的好哥哥！

星星的归宿

黄古玥

星星的归宿是什么呢？在西方天空闪耀的星星，在期满之后，就会被上帝一点，成为一个精灵，到圣诞老人的车间里去帮他制造圣诞礼物。而东方的佛也很仁慈，允许星星在完成两个月的星星的生命之后，能够变成自己愿意的任何一个东西。

农历十五那天晚上，月亮姐姐格外亮。她在半个月前又从身体里分解出了几百颗小星星，现在身体已经完全恢复了，从明天开始她又要进行新的分解工作，由圆变瘦。天上的星星就是这样来的，所以星星和月亮一样闪亮。今天当然看不到星星，新出生的星星今天会上岗，而老一代的星星将结束生命，它们会变成自己喜欢的东西，重新进行生命。现在，它们正在进行告别仪式。

仪式上，一颗叫晶晶的星星独自在一旁，它不上岗，也不离开，它才一个月。它在思考一个月以后自己变成什么。这是令每一个星星都困扰一段不算短的时间的问题，每颗星星都是这样。别的星星都飞了下去，星神的魔杖一点，它们有的成了花，有的成了水，有的成了云……这时，晶晶看到了人间的一个不寻常的孩子。

他眯着眼，在花园里浇花。他似乎喜欢夜晚出来。

此后的一个月，晶晶天天观察他。他每天晚上出来为花园浇花，他抚摸每一朵花，亲吻每一片叶，好像和它们都是朋友。一朵朵花抬起头，笑了，晶晶看见了，这就是我以前的伙伴，它们多幸福！它们和晶晶说："你也下来做一朵花吧！"可晶晶犹豫不定，它想为男孩做点什么。不止一次，它听到了男孩的心声，星星总有这样的特异功能。男孩想：我爱花儿，我爱星星，花儿就像星星一样美，我多想看看花儿，看看星星……晶晶总是笑，难道他不是每天都在看花儿吗？男孩好笨呀……

一天，晶晶有空，就去找什么都懂的星神，问它男孩是谁。星神说："真是个苦命的孩子，他从小盲了双眼，学习却一直很好，他爱花儿，爱星星，却不能看到它们……"晶晶愣住了。原来是这样！它做了决定，它要做他的眼睛，它要变成他的眼睛。这个决定使它迫不及待地等着农历十五的到来。

这一天来了。它告诉了星神自己的决定，和姐妹们一起跳下了天空。魔杖一点，转瞬间，它的身体不由自己控制，向男孩的院子飞去。它看见了男孩，它飞向了男孩的脸，它感到身体没了知觉……男孩睁开了眼睛，他模模糊糊看见了窗外的花儿，多美的花儿呀，他抬头，看见了天上的月亮，和正在往下跳的满天星星，多美的星星呀！他笑得比星星还灿烂……

第三部分
永远的朋友

尤其是那鸽群在蓝天下飞翔的时候。它们排成"竖琴"的形状，围着整个村庄一圈一圈地盘旋着。在蓝天下，它们飞得很快，忽高忽低，没有轨道却优美地旋转。它们配合得很有默契，打头的轻轻打一个旋，一只一只就有条不紊地纷纷开始旋转。只是，不管怎样旋转，它们始终都保持着竖琴状的队伍。

——周晨韵《永远的鸽群》

飞翔的猪

戴锦凯

家境贫寒的她,从小与爷爷相依为命。她一直希望能有一只属于自己的、会飞的猪。也许这只是一个幻想,只是一个女孩心中美丽的梦。

一天,她在放学回家的路上,在草丛中,发现了一只小猪。她怜爱地抱起小猪,捧回了家。

此后,她在家悉心地照顾捡来的小猪。不管生活有多么拮据,她和爷爷总是把小猪喂得满面春光。每天一放学,她会飞快地往家里跑,抱起小猪亲了又亲。

在她和爷爷的悉心照顾下,小猪很快长大了。

她给小猪取名叫落落。

有一天,她问爷爷:"爷爷,落落长大以后会飞吗?"

"这——"爷爷不知道怎么回答。

"假如落落能飞就好了,将来我一定要骑着落落去彩虹上玩!"

"我想,如果你好好照顾它,它将来一定能飞起来的!"爷爷撒了个谎。

她听了这话，开心地笑了，急忙跑去对落落说："落落啊，你要快快长大！将来我们一起去天上玩！"

第二天。课堂上。

老师对全班同学说："同学们，我们今天来学习动物。首先，我们看看这是什么动物？"

"猪！"全班同学异口同声地说。

"那谁来说说猪有什么特点？"

"猪有尾巴！""猪很胖！"……

过了半天，她才磨磨蹭蹭地站起来说："猪长大后会飞！"全班哄堂大笑。老师安慰她说："你的想象力很丰富，但……"

"不，猪一定会飞的！"说着，她哭着跑出了教室。

回到家，她大声呼唤着："落落，落落！"她原以为落落会跑出来迎接她，不料走出来的却是愁眉苦脸的爷爷。

爷爷说："落落，它早上出去时，被……被车撞了——"

一瞬间，时间凝固了。

她倚在门口，灌满了铅的心"咕咚"一声摔了下去，摔得一地哗啦。

黄昏，她坐在曾经捡到小猪的草丛旁，凝望着天空。她的心中，一定是那头会飞的猪，那头在天空中自由自在飞翔的猪……

永远的鸽群

周晨韵

很多人曾问我，永远有多长时间？我也不能确切地说出来。但是我想，等到奶奶家的鸽子一只也没有时，永远，大概差不多就到了吧。

——题记

一

奶奶家，养着一群鸽子。奶奶很爱鸽子，总帮鸽子打扫它们的家，给它们吃最好的玉米粒。最近，经济状况不好，奶奶在乡下本来就穷，可给鸽子的东西比人还好，爷爷老抱怨："你看你，都大把年纪了，还养鸽子？该给人吃的全给鸽子了！"这时，奶奶总是笑笑说："我有罪！我有罪！"

只是很偶尔很偶尔的时候，我会去奶奶家。放下手中的笔，看那鸽子结成一队在众多小砖房上盘旋。又有时，鸽子很有纪律地分成两队，很整齐地站在奶奶家的屋顶上。两队的身影映在蓝天下，时不时理理羽毛，嚼嚼玉米碎屑。

尤其是那鸽群在蓝天下飞翔的时候。它们排成"竖琴"的形状，围着整个村庄一圈一圈地盘旋着。在蓝天下，它们飞得很快，忽高忽低，没有轨道却优美地旋转。它们配合得很有默契，打头的轻轻打一个旋，一只一只就有条不紊地纷纷开始旋转。只是，不管怎样旋转，它们始终都保持着竖琴状的队伍。

它们在小溪、草地以及那一座座矮小的砖房上"飘"着，"飘"得很快，阳光下洁白的羽毛闪烁着光辉——是那种纯洁的、不带丝毫瑕疵的光辉。

二

现在，又过了许多年，我再一次去奶奶家。刚走到村口，一群白鸽就"呼啦啦"飞过来，然后又"呼啦啦"飞走了。仍旧是一模一样的飞，一模一样的盘旋，一模一样的"竖琴"队，以及一模一样的白色光辉。

到了奶奶家，奶奶同往常一样热情地迎接我们。鸽群已停在了门前。我问奶奶："这些鸽子养了多久了？"奶奶摸摸我的头："一百年了，孩子。""一百年？不可能！"我很惊讶。"我从你这么大开始养，养到现在。""那也没有那么长时间，顶多六十年。""呵，加上我的年龄，你妈的年龄，你的年龄不是正好一百？"我笑了，奶奶也笑了。

三

可是，我还是不明白为什么鸽群可以延续这么久。奶奶说："总会懂的，会懂的。"

　　某一年的春季，当我醒来。奶奶叫我洗漱完后去吃早餐。我点点头，去后院了。突然，我听到一声很清脆的叫声，那样尖锐娇嫩的声音不像是鸽子的。我寻着声音找，哦，原来是一只小雏鸽！

　　我终于明白，鸽群为什么能延续那么久，只是因为，每一年都有一些新的鸽子接替老鸽子，加入到这支永远的"竖琴"队伍中……

亲亲我的灰灰菜与黑木耳

赵尔雅

　　题目似乎有点费解吧？没关系，我慢慢给你解释。

　　先说灰灰菜。灰灰菜是我三个星期前买的兔子，顾名思义，当然是灰的咯（还带点黄色的杂毛）。买来的时候，它还挺乖也挺可爱的，毛茸茸的，看不见鼻子和嘴。可我就奇怪了，现在灰灰菜长得，呃……应该说是又高又壮，简直就像头驴似的。成天活蹦乱跳的，震得笼子叮当叮当响，还总是把可怜的黑木耳踩在脚下（当然它也不是恶意的，也可能是想向黑木耳炫耀自己的跳跃能力吧。）。

　　现在你们也猜出来了吧，黑木耳就是个被灰灰菜欺负的"弱势群体"。它是两个星期前被我买回来的。当时它小得像只小老鼠似的，当然现在还像只大老鼠似的啦。黑木耳是一只熊猫兔，长着两个黑眼圈和两只黑耳朵，所以才叫黑木耳。它第一次来到笼子里的时候，就被生龙活虎的灰灰菜吓得够呛，后来，它就也开始像灰灰菜一样学起跳跃来，不过当然它不会啦，就只能抬起前腿，浑身猛地哆嗦一下，可是还跳不起来。我看着，很是纠结啊。

一开始，笼子放在阳台上，所以我每天都会给灰灰菜喂东西吃（那时候还没有黑木耳）。可后来，灰灰菜产生的刺鼻的臭味导致我不得不把笼子给搬到储藏室里。于是，灰灰菜每天进餐的次数就少了。每次我一到储藏室里，灰灰菜就站起整个身子，用小爪子扒着笼子，似乎在仰天长啸似的。每次我看到灰灰菜做这个动作的时候，我就想起了那个著名的花花公子图标。

灰灰菜最喜欢的食物就是芹菜的叶子，一次能吃一大堆。它吃东西的时候，嘴巴飞快地嚼啊嚼啊嚼，鼻子也飞快地吸啊吸啊吸，然后就会发出"咯吱咯吱"的声音，像只巨大的灰老鼠。灰灰菜什么都吃，连给它铺窝的干草也吃，所以才导致它没有暖和的地板。自从黑木耳来了之后，它们就更变本加厉了。一没东西吃，它们就开始啃地板，我不得不天天给它们拔干草。

兔子给人的印象总是胆小、可爱，可我们家的灰灰菜和黑木耳抢起东西来也都不甘示弱，不过也确实让人哭笑不得。我撒下一小把芹菜叶，总是先被灰灰菜发现，然后，它就开始大吃特吃。往往在这时候，黑木耳也闻味赶来，也不知道为什么，黑木耳总是喜欢抢灰灰菜嘴里的菜吃，而这时候，灰灰菜就会故意站起来，让黑木耳够不着，黑木耳就会乖乖地吃堆在笼子里的。不过你也不要把灰灰菜想得太坏，有时候，我把白菜叶从笼子的上方挂起来，灰灰菜就会站起来啃，黑木耳也努力站起来，可它太矮了，怎么也够不着。这时候，灰灰菜就会用尽全身力气把一大片叶子扯下来放在笼子的地上，两只小兔就开始一起吃了。吃完了，灰灰菜又扯下一片，它们一起吃。我看了很欣慰：没脑子的兔子也能这么和谐啊。

相对于黑木耳来说，灰灰菜的逃生欲望真是太强烈了。上次，我把它们带到草坪上晒太阳，又把黑木耳抱出来，让它自己吃草。黑木耳真是太听话了，哪也不跑，乖乖地吃草，一圈的草吃完了，它就四下张望张望，又跑到笼子旁边，看着正在笼子里吃芹菜叶子的灰灰菜，不知是想与灰灰菜相会还是嫉妒灰灰菜吃芹菜叶。不过灰灰菜可就不行了，就上次我看黑木耳这样盼着灰灰菜，就想也把灰灰菜放出来吧。刚开始灰灰菜也挺乖的，跟黑木耳一起吃草。可过了一会儿我回来，它就跑到草坪那头了！而黑木耳还是飞快地啃着青草。我连忙去抓灰灰菜，可灰灰菜还跑得挺快的，每次我离它半步之遥，它就一下子窜出去了。最后，我抓住了它的小尾巴，才算把它逮到。从此以后，我再也不放灰灰菜出来玩了。

　　自从养了这两只性格迥异的小兔子，我的生活就充满了灿烂的阳光！每次看到它们，我就会想起小时候的一首童谣：

小白兔，白又白

两只耳朵竖起来

三瓣嘴，胡子翘

一动一动总爱笑

嗯，真可爱。

樱　花

杨雨蝶

　　我轻轻地踏进了这片樱林。

　　脚下的樱花，红的妖艳，却只是淡淡的粉色，踩在这些樱花上，轻柔，仿佛自己已经飘了起来，抬头望去，一片一片的樱花树上，跳跃着微弱的光芒，太阳很大，只是这些高大的樱花树挡住了强烈的阳光，余下的光点，似一群顽皮的孩子，在闪闪的樱花瓣上轻轻跳跃着。空中，飘落下来的樱花瓣在飞舞，似叶，似雪，但我知道，它只是独一无二的樱花。

　　这样的画面，让我有一点恐惧。因为我怕它是幻灭的，当我正陶醉在这个梦里的时候，它就会突然消失，无影无踪，让人再也找不到樱落的痕迹。到时，我是应该安慰自己："只要有那么一刻就满足了。"还是应该像一个丢失了心爱玩具的小孩子似的，蹲下来难过的哭泣？我不知道，但这个画面的真实感强迫我去相信它是真的。

　　我接住了一片飘落在我面前的樱花，轻轻地捧在手心，轻轻地抚摸，轻轻地，轻轻地，像抚摸一个刚出生的婴儿一般。它，好细嫩，就像婴儿稚嫩的皮肤，细细的，嫩嫩的。它，好柔滑。刹那间，仿佛我摸得不是樱花，而是一颗晶莹的露珠。

我做了一次深呼吸，淡淡的花香迎面而来，我贪婪地吸着这种夹杂着花香的空气。

樱花树突然被风吹得摇摆起来，樱花大片大片地落下来，杂乱的在空中飞舞，我，静静地躺了下来，闭上眼睛，任由樱花落在我的脸上，头发上，还有那洁白的长裙上。

此刻，我的长裙映在这片樱花林里中，似一朵盛开的白莲。

好想就这样，在这片樱雨林中，沉沉地睡去……

"发什么呆呢！"

我感觉有人用力地拍了一下我的肩膀，我立刻睁开眼，映入我眼帘的只是一棵并不高大的樱花树，我慌乱地转过身，却只看到殇站在我面前，手里拿着两个大大的棉花糖，调皮地冲我笑着。那片樱林呢？那片樱花雨呢？我四处寻找，却只是一片虚无……

我沿着樱花树无力地滑落下来，像个丢失了心爱玩具的小孩子一样，难过地哭了。

可爱的波斯猫

李梓维

这天晚上，爸爸下班回家后，像魔术师似的变出了一只非常可爱的波斯猫——"雪毛球"。顾名思义，雪毛球浑身雪白，没有一根杂毛儿，两只尖尖的耳朵竖在圆滚滚的小脑袋上，身上的毛又白又长又软，像个小茸球，让人摸了又摸，叫人爱不释手。

别听"雪毛球"这个名字又优雅又文静，嗨！如果你留它在家里，那可不得了啦！

这一天，我们全家都没有时间：爸爸出差，妈妈加班，我去基地，都要两天后才可以回家。你可别认为雪毛球很可怜，相反，因为我们都不在家，它就把冰箱里的八条鱼都给吃了，把妈妈的毛衣拆了，把爸爸的报纸撕了，还在我们的床上撒了一泡尿。等我们回家后，它就引来一顿臭骂……

可是，意想不到的事情发生了。

雪毛球一连几天都不吃东西，反常了，还撕书放老鼠。爸爸妈妈都说它被"鬼附身"了。我一时生气，就把雪毛球关在它自己的房间里，还把一些烂骨头、臭米饭、霉牛奶丢给它吃。

经过十几天的煎熬后，我看见雪毛球终于把这些东西给吃了。我高兴地放它出来，也暗暗庆幸我的成功。但是雪毛球却不出来，还一个劲地吐黄水。我一看事情不妙，便飞快地抱起雪毛球儿往动物医院跑去，可是雪毛球最终还是闭上了眼睛。

我真的很后悔，每当我看见雪毛球的房间就忍不住大哭。这只可爱的波斯猫给了我无限的快乐，也给了我无限的想念，想念那只可爱无比的波斯猫儿……

小蜗牛"慢慢"

陈 菲

今天早上，天空晴朗。突然，乌云密布，下起了一阵倾盆大雨。我心里想：今天肯定不能去楼下的花园玩了。但过了一会儿，雨停了，我变得欢喜起来。

我和哥哥来到花园里玩。突然我看到树上有许多奇怪的东西，便告诉了哥哥。我们走近一看，噢，原来是蜗牛呀！"不如我们抓一个最大的来养吧？"我问哥哥，哥哥同意了。我们就抓了最大的那只蜗牛拿回了家。

我把蜗牛放在桌子上，认真地观察它。突然，我想起了一个问题，蜗牛有牙齿吗？我跑去问爸爸，爸爸说："蜗牛有牙齿，而且非常多呢，有两万四千多个牙齿呢！"我十分吃惊，继续观察蜗牛。我发现它爬得很慢很慢。于是我给它取了一个小外号叫"慢慢"。

慢慢胆子非常小，每当你轻轻地碰一下它的壳时，它就把头往壳里缩。

慢慢喜欢睡在它吃的食物上，也就是菜叶，因为它一睡醒就可以吃东西了，哈，真是太方便了。

　　不过有一个暑假，我去旅游，忘了把慢慢带上。当我回来的时候，慢慢已经死了，我很伤心，一个小生命就这样消失了。

　　我发誓：以后我会保护好每一个小生命，不管是人还是动物，不管是善还是恶，我要保护好它们。

我和小鸟

张筱雨

　　早晨，我推开窗户，寒风一个劲儿地往我衣服里吹，我俯视着花圃，忽然发现一棵大树的叶子落光了，寒风中摇摆的树枝上落着一只孤零零的小鸟，从鸟儿的眼神中，我觉得它在哭。我跑到花圃中，细细地打量着这只小鸟，淡黄色的羽毛，褐色的嘴尖，一双大大的眼睛，细长的脚，多么可爱的小鸟呀！我本想把它抱回家去，但看到小鸟专心地看着地上最后一片飘落的树叶，我不忍心打扰它。

　　于是，我跑回家，拿起一张纸给小鸟写了一封信：

　　　　小鸟，你的家在哪里，你为什么在寒冷的冬天，静静地坐在树枝上呢？

　　写好这封信后，我精心制作了一个信封，又往里装上一些米粒，悄悄地将这封信挂在了树梢上。我看到小鸟撕开了信封，抽出信纸，边看边吃着米粒，一副很知足的样子，小鸟停下来想了想，又撕开一张树皮，用脚蘸了蘸树汁，在信纸的背面给我回信：

> 朋友，我居住的树木被砍伐了，我没有家了，同我一起飞往南方的鸟儿们也被猎人打死了，我吓坏了，开始拼命地扇着翅膀，飞呀飞，飞了三天三夜，飞不动了，就晕倒在这棵树上。谢谢你的米粒，没有这些米粒，恐怕我已经去见我的那些同类了。

第二天，我在草丛里，捡到了小鸟写给我的信，我认真地阅读着小鸟写的每一个字，我看到小鸟的字很淡，我想小鸟一定是太冷了，我又做了一个信封，往里面塞了一些绒布，许多米粒，是给小鸟过冬用的，我又写了一封信给小鸟。

我和小鸟一直保持着通信，小鸟也不孤独了，它"唧唧唧"地欢乐鸣叫着，似乎在感谢我一直给它写信，让它不再孤独吧！

就这样我和小鸟的通信一直持续了两个月，直到有一天，那棵树被砍了，小鸟也离开了……

第四部分
风中的沙粒

雪啊

纷纷扬扬地下吧

让世界沉浸在白雪中吧

或许

我们都没留意

雪中

一朵梅花已悄然绽放

在谱写

一次新的旅程

——李依欣《四季之歌》

走进春天的校园

徐铭谦

这里活泼乱跳，
那里百花争艳。
是充满活力的校园！
是生机勃勃的春天！

校园的春天，
是鸟语花香的。
校园的春天，
是阳光明媚的。
我们在这里愉快成长，
我们在这里沐浴阳光。

春天里的校园，
到处充满着欢声笑语，
我们的春天更加生动美丽。

春天里的校园，
到处都是鸟语花香
我们的校园更加快乐精彩。

快乐的校园，
充满书香。
灿烂的春天，
充满生机。
我们在校园中学习，
我们在春天里成长！

阳光的校园，
温暖的春天。
校园里，
我们天天向上。
春天里，
我们勃勃生机！

这里天真烂漫，
那里百鸟争鸣。
是充满活力的校园！
是生机勃勃的春天！

风的"颜色"

顾　静

风

大自然的化妆师
世间万物的催生婆
四季变更的信号员

夏天的风是绿色的
清风徐来
到处翠绿欲滴
处处迸发着生命的张力

秋天的风是金色的
凉风习习

捎来丰收的喜讯
累累的硕果在枝头欢笑

冬天的风是白色的
风婆婆翩然而至
洁白的雪花摇曳而下
冰封的世界晶莹如玉

春天的风是五彩的
东风吹来花千树
色彩斑斓，美不胜收
到处洋溢着盎然的生机

四季之歌

李依欣

春 曲

当柳梢绽出一抹春意
冰雪就被融化了
花儿们
争着展示自己的芬芳与多姿
春的脚步为这土地
带来了希望

夏 耘

荷花开了
雷雨到了
细密的雨珠已经开始放歌

让我们一起去踩雨吧

在夏天享受

童年的美好与欢乐

秋　韵

风在跳舞

田野里一派繁忙欢快的景象

雪白的棉花

火红的高粱

请到田野里去闻一闻

那一阵阵浓郁的麦香

冬　舞

雪啊

纷纷扬扬地下吧

让世界沉浸在白雪中吧

或许

我们都没留意

雪中

一朵梅花已悄然绽放

在谱写

一次新的旅程

在爱中成长

肖楚越

时光飞逝，
又过了一年，
在这新年的钟声里，
你可曾想过，
快乐地成长，
不只是那美好的遐想……

那无忧无虑的，
快乐的生活中，
有妈妈的叮咛，
老师的鼓励，
同学的掌声，
和我一起走过……

我在爱中长大。

生日时，
妈妈幸福的泪花让我感动；
母亲节时，
一朵绽放的康乃馨让我思念。

我在爱里成长。
成功时，
热烈的掌声让我鼓舞；
失败时，
亲切的鼓励让我振奋。

爱……
让我幸福地成长。

第五部分
星星点灯

　　选美比赛终于开始了。每位小动物都在T型台上走着猫步，摆着各种各样的造型。可是评委们看了直摇头，观众更是对他们品头论足。最后一个出场的是孔雀欢欢。当她迈着轻盈的步子走上舞台时，评委的眼睛一亮，都看得目不转睛。走了一圈之后，孔雀开屏了。霎时间，台上台下欢声雷动。大家都说，孔雀才是最美的。

　　——贾萌《森林里的选美大赛》

紫色的心愿

彭翰飞

在溪镇，我最喜欢这条河，也最熟悉这条河。河水清澈见底，小鱼儿欢快地游着。两旁的小房最高不过两层。家家户户都有个小得可怜的院子。虽然小，但却有花有草。夏日，倚在白云朵树上，听着河水欢快的伴奏，本属于夏日的炎热，顿时烟消云散。

在溪镇，如没有船，或者不会游泳，可以说寸步难行。因此，几位老人轮流在村口值班，为过往的行人撑船，当然大多数是外地人。

"这个姑娘，要坐船吗？"坐在岸边的老大爷问道。但是刚看了一眼她的长相，又闭上了嘴。她是个外国女孩，有一对深蓝色的大眼睛，张扬的鼻子，白净的又稍有点红晕的面孔。

这里居然会冒出一个外国人？我不禁惊叹道，她看到我，眼睛里不禁闪过一丝惊讶的光。我相信她是好孩子，便跑过去，用并不熟练的英语问："你好！我叫彭翰飞。你叫什么名字？"

"波莉安妮。你为什么会说我们国家的语言？"

"噢，不，那没什么。那是我们的课程。"

"我知道了。"

我们很快就成了好朋友，她邀请我去她家做客。她的家很漂亮，有一个架子，上面摆满了紫罗兰，那神秘而又浪漫的紫罗兰，时时刻刻都在给这个家庭增添美丽。

她告诉我，她的父亲是一名摄影爱好者，他爱龙，于是就带着安妮来到中国——这个神圣的东方国度。他们去爬长城，看故宫，去游览布达拉宫，去登泰山，去迪斯尼乐园。她在说这些时，眼睛里那种光，是美好得无法形容的。可是，现在，她的父亲去北京了，没有回来。

我怔了怔，这，浪漫得像一个故事。

临走前，她说，送我几束紫罗兰。我也毫不客气地选了几株开得正艳的紫罗兰，开心的回家。

随后，每天去东溪村时，一定会绕路经过垭口，看看安妮。安妮每早都会对着那面缀满紫罗兰的墙闭上双眼，合上手掌，像是在祈祷似的。很诚恳，就像基督教的信徒。

八月份很快到了，父亲要接我回省城了。

就在临走的那一天，安妮一大早来到我家，送了我几十束紫罗兰，就像花店那样，用一款早已褪色的包装纸，扎成了一大捧。回到家，我用一个粗陶的大花瓶把它插了起来。放到临窗的桌子上，并洒上了些干净的河水。

寒假，回溪镇休息。只不过，因为下学期要分重点班了，要进行升学考试。所以，一直没有机会去安妮那儿看看。

就在春节的前一天，我终于抽出了时间，去安妮那儿看看。

那条熟悉又陌生的通往垭口的小路。

敲响了门，开门的是一个老农，满脸过年的喜悦。

我突然发现，紫罗兰没了，架子也没了。取而代之的是一些很常见的花木。

我知道，安妮是很爱紫罗兰的，她绝不会用这些平庸的花草代替那些美丽的紫罗兰的，绝对不会！

"孩子，你找谁？"老农望着发愣的我问。

"这房……房子的主人在哪？"

"我就是。"

"不！怎么会？这里不是住着个外国人吗？"

"哦，那个女孩呀！她搬走了。对了，你是不是叫什么飞呀！"

"是是，我叫彭翰飞。"

"对，彭翰飞。你等会儿，那外国人给你留了些东西。"

老农从屋里出来，给我一本书——*Lost Swan*（《失踪的小天鹅》），扉页上写着"To my friend Peng Hanfei"（给我的朋友彭翰飞）。

我的眼泪掉了下来，这一切，来得太突然了，突然得让人无法接受。

"孩子，进屋坐坐。"

我走进屋里，看着面目全非的屋子，身体一阵颤抖。屋里很是温暖，让人全然忘记了垭口的寒冷。

"等下，我拿些东西给你吃。"

我走近土炕，坐下了。这土炕很脏，好像是被他们弃用了吧。

我轻轻地翻开书，这是英文绘图本，很简单。十几分钟，我就匆匆翻了大半本，刚看到小天鹅失踪时，大伯端来了红糖水和花生。

"呵，这儿比不得城里，凑合凑合吧！"大伯笑道。

我一边吃，一边和大伯谈话："大伯，这房子原来的主人是个摄影师，对吧！"

"哈！你也受了骗！她是一个好女孩，这是真的。但是，她其余的话都是假的，都是骗人的。她爸爸根本不是摄影师而是一个酒鬼，一次喝完酒回家的路上，出了车祸，撞死了。这是五年前的事，那时，这事传遍了整个虎头河。她很痛苦，整天自己骗自己，她说的那些，都是梦，是愿望。"

我走出门，在门边发现了一盆早已枯萎的紫罗兰，凭我的直觉，那一定是安妮的！

"大伯，我可以把这个带走吗？"

"当然可以。"

我的腿一下子变得十分沉重。枯萎的花瓣上还留有一点紫色，它淹没了整个世界。

我闭上双眼，捧着早已凋零的紫罗兰，合拢双掌——许愿。

流星划过长空，两束紫罗兰又有了生机……

怪怪班级

董安琪

一

9月1日，开学的日子，也是就同学们的"死期"。踏入六年级了，这些孩子们依然不知天高地厚。

柠檬和邻居火腿肠在班车上说说笑笑地来到了学校，见到了同学们，她俩别提有多高兴了。

"哼，哼！"

正在说笑的大家立刻安静下来坐好，齐刷刷地将脑袋看向了门口。这就是信号，说明班主任樱花老师来了。其实，樱花老师原名叫樱真，因为老师带他们班时刚从日本回来，又有日本血统又姓樱，所以大家就都叫她樱花老师喽。别看樱花老师的名字很淑女，可本人并不淑女。没看刚才吗？老师一哼，同学们只用了两秒钟就坐稳了，动都不敢动。樱老师强忍着自己那一张阴森的脸，竟然面带笑容地进了教室，真可谓天下奇观啊！

"咚！咚！咚！"有人敲门，同学们开始了骚乱，都趁机向门外望了一眼。不知道是谁说了一句："是不是那个新来的女生啊！"大家就又开始议论了。可别说樱花老师不管，是樱花老师不好管。外面有个家长，樱花老师当然要给人家留个好印象啦！要说这班里也是，女生都是母夜叉、母老虎，倒是符合了现在的流行趋势，只是男生可遭了殃。男生现在都在默默祈祷这个新转来女生既漂亮又温柔，这才是他们心中女生的完美形象。那个女生进来了，看把男生们激动的，因为他们又有了一线生机，但很快他们梦想的泡泡就破灭了。

这个MM说："大家好，我叫杨静竺。"

"哇，美女啊！"

"你看她一笑还有两个酒窝，我要陶醉了，就算死在她手上我也乐意！"

"我也是！"男生们又开始耍贫嘴了。

这时，阳光问："你叫什么？梁静茹？不会吧？！"

"我叫杨——静——竺！"杨静竺大吼了一声，全班同学都被震成了"聋子"。

"天啊！母老虎狮子大张口啊！"灌汤包小声嘀咕着。不巧，被同桌长发遥听见了，只听"啪！"的一声，长发遥一个巴掌就拍到了灌汤包头上。

他们两可真是冤家，从小他俩就在一起直到现在，但是长发遥从小就欺负灌汤包。灌汤包早已练就了"万打厚脸皮功"，他想出了个主意让这位杨美女出丑。只见美女被安排在灌汤包旁边，灌汤包把脚一伸，横在路中央，杨静竺只当没见到那只脚，走到那里后，迈了过去，又是"啪！"的一声，这回是杨静竺。她那"镇树十八掌"使得灌汤包将早膳差点吐了出来，从此，便没人敢欺负

二

今天不知是哪位男生吃错药了，竟然胆敢在下语文课的时候，把一只捉来的蚂蚱放在了"小龙女"杨静竺的铅笔盒里。

"丁零零……"，上课了，这节课是数学课。"上课！"，"起立！"，"老师好！"，又是一些老套的问候语，真是没劲死了。可是那位"吃错药了"的男生麦当劳同学却知道，即将有一场好戏要上演了。可是五分钟、十分钟、十五分钟都过去了，大美女杨静竺那里还是没有动静。麦当劳偷偷往"小龙女"桌子上一看，天，眼前的景象差点让久经恶作剧沙场的麦当劳当场昏倒在地。原来"小龙女"正在满脸幸福地摸着小蚂蚱，真不知道"小龙女"上辈子是不是蚂蚱夫人啊？

麦当劳是越看越起劲，可这个一向机灵的小精豆却忘了数学老师也就是樱花老师是个粉笔神投手。还记得有一次，灌汤包正在大会周公打呼噜的时候，刚一张嘴，一个不明绿色飞行物"嗖"的一声飞到了倒霉鬼包包的嘴里，把正在做美梦的灌汤包给吓了个半死，差点把那根被樱花老师当飞镖投掷的彩色绿粉笔吞进肚子里去。

下课后，灌汤包悄悄跟麦当劳说，他以前已经吃过了N根粉笔头了，有红的、黄的、白的，还有紫的……把麦当劳吓得半死，以后再也不敢不好好的当老师手底下的俘虏了。可是，今天的麦当劳好像真的吃错药了，明知山有虎，偏向虎山行，看来是把自己"年轻宝贵的生命"置之度外了。

果然不出所料，"母老虎"老师手中那颗神圣的粉笔头"啪"

的一声，正好落在了发愣的麦当劳的大门牙上。你说也是，麦当劳看就看吧，还把嘴张的大大的干吗？你说张大也没有关系，可偏偏他的两颗门牙是有名的大龅牙。全班"哄"的一声炸开了。可别说樱花老师又不管，是樱花老师没法管了。因为麦当劳的一颗门牙已经给打掉了！

这下事情可闹大了，麦当劳赶快被送往医院，樱花老师又是赔礼又是道歉的。幸好麦爸爸是个大款，好说话，笑着说什么掉了也好，省得影响市容。

麦当劳可不干了："凭什么啊！以前有两颗门牙的时候，不知道回头率有多高，可现在呢？我麦大帅哥（麦大衰哥）就栽在这上头了。真是站着说话不腰疼。"

这时，"小龙女"站在樱花老师旁边装乖乖女，可嘴上却说："说不定剩下的一颗门牙能帮你增加更多回头率呢。"哼，这还不是你的杰作，麦当劳心里想，要不是你，我会这样？

可他没想到，"小龙女"又假模假样地走到麦当劳身边，让麦当劳正好挡住她，偷偷把那只小蚂蚱放进了"独门牙"的衣服里。麦当劳顿时弄得又蹦又跳，又嚷又叫。樱花老师看见后，说了一句让所有在场同学和家长都吐血的话："没想到这么快就好啦！看来打掉一颗门牙也没什么大碍嘛！"

三

人不常说老人如同刚出生的娃娃变化无常吗？樱花老师也一样，对她喜欢的同学百依百顺，对她不喜欢的同学嘛……

今天老师拿出一张四年级的试卷让同学们做。樱花老师是这个班的数学老师兼班主任，自然同学们的数学都很好，但老师总说自已缺一个数学精英当助手。

一上课，班里的"哎！哎！"声就此起彼伏。只有一个人洋洋得意——杨静竺。难怪她会得意，因为她不知道此班的水平啊，那可是高手如云，就连灌汤包也不例外。卷子发下来了，全班同学都趴在卷子上唰唰地开始写。

杨静竺一抬头，看见了灌汤包在与身后的人说话，虽不知在说些什么，但杨静竺知道，只要自己一报告老师，灌汤包就死定了。"小龙女"唰的一下举起了手，老师见是新生举手，便笑容可掬地走了过去，"小龙女"还挺会使诈，轻声对老师讲了灌汤包在回头看的事情，老师一听，风云善变的脸转向了灌汤包，眉头一皱，"啪"的一声拍了一下桌子，灌汤包只好慢慢走向了墙。"快点！"樱花老师又是一句暴吼。灌汤包几乎用了百米冲刺的速度站到了墙角。小龙女看着，心里得意极了，继续若无其事地做她的卷子。灌汤包却站在墙边发愁，干着急。

才一会儿，就下课了，灌汤包因为一开始就没写卷子，又到旁边罚站，试卷上惨不忍睹地印上了一个大鸭蛋。灌汤包气极了，他多么想报仇，只是老天爷故意跟他过不去……

"同学们，今天，老师批改完了卷子，全班都全对……"

"Year！"

"不过，有一个同学还加了20分，得了个120分。"

大家的目光落到了柠檬的身上，她可是个万事通，名词考试都拿最高分。"她是，"老师又开始说了，这时的柠檬也露出了胜利的微笑，"杨静竺。"

"什么？不会吧！"

"怎么会是她？"同学们的叫声快把教室的屋顶掀翻了。尤其是灌汤包，他死也没想到，那个害他得了鸭蛋的人会得了个120分。

"所以，今天我就正式任命杨静竺为我的助手，咱们班的班长！"樱花老师因激动过度，绽放了笑脸；柠檬却因悲伤过度大声哭了起来；灌汤包的嘴巴则因为受刺激过度，合不上了。

这回灌汤包可惨了，"小龙女"一旦做了班长，一定会把她的冤家仇家都"解决"掉，灌汤包肯定就是第一个倒霉鬼了。这时的"小龙女"已经笑开了花，不时向灌汤包那边得意地翻翻白眼。和灌汤包一样生气的，还有麦当劳，上次的"蚂蚱事件"还让麦当劳怀恨在心呢！但他们有什么办法，现在杨静竺是班长，比他们的身份大那么一大段，只好认命喽……

四

对于阳光的灌汤包来说，他现在已遇到的倒霉事有两件。一是和柠檬同桌，二是班长杨静竺坐在他后面。

本来嘛，杨静竺是不坐在他后面的。但杨静竺找到樱花老师，要求樱花老师把她调到灌汤包后面坐。她说她要好好管管灌汤包，让他告别调皮捣蛋的日子。

得到樱花老师的赞成，杨静竺堂而皇之地坐到了灌汤包的后面。樱花老师有所不知，杨静竺之所以想坐到灌汤包后面，是因为她和灌汤包的同桌冤家，好朋友柠檬打了赌。没错，她们想看看灌汤包到底听谁的话。杨静竺不怕，因为她有"杀手锏"。

灌汤包当然也不可能知道这些，这是杨静竺和柠檬共同的秘密。灌汤包唯一能想到的。是他的好日子过到头儿了，他现在是腹背受敌，不仅要想办法对付同桌李好好，还要想办法对付后面的杨静竺。

灌汤包很想站起来反对樱花老师这么做，可是樱花老师却叫他坐下来预习一下书上的内容，因为马上就要上数学课了。灌汤包丧失了发言的机会。杨静竺却很得意，她觉得这是她胜利的第一步，而且她还乘胜追击，拿出一个小本子。杨静竺说如果灌汤包不听话，她就在这个小本子上面给他记五个"叉"。

这个小本子是杨静竺的杀手锏，好像从杨静竺当班长的那天起，她就一直握着这个小本子，小本子上面有全班同学的名字，每个人占一页。如果表现不好的话，杨静竺就会找到那个人的名字，然后在他的专属页面上画"叉"。

杨静竺已经给灌汤包记过好多好多的"叉"了，所以属于灌汤包的那一页就显得特别乱，而且特别旧，页脚都卷边儿了。杨静竺经常拿着小本子去找樱花老师告灌汤包的状，还给樱花老师看灌汤包的"叉"又增加了多少。

樱花老师呢，好像每一次都很不高兴，呼哧呼哧地喘着粗气，然后还要在全班同学面前数落灌汤包，让灌汤包回家写检讨，第二天再带回来念给大家听。一来二去，尽管灌汤包的作文写得不怎么样，可是检讨书却写得很好哦！

检讨书写多了，灌汤包反倒不怕樱花老师了，也不怕被杨静竺记"叉"了。因为对于他来说，这些只不过是写检讨书之前走的"过场"而已……

森林里的选美大赛

贾 萌

　　"大森林的居民请注意！一年一度的选美比赛即将举行，请各位MM做好准备！我们将评选出全森林最美的动物！再广播一遍……"森林广播站的大嘴鸭播音员反复播放着这一激动人心的好消息。不久，这个消息全森林的小动物就都知道了。

　　听到这个好消息，小动物们都行动起来了。老鼠妮妮戴上了最新潮的大耳环；蜘蛛小姐可可头上戴了一个漂亮的蝴蝶结；蚊子小妹把自己的红嘴唇涂得血一样红；小兔子静静在自己的两个耳边各插了一朵美丽的小花；小狐狸给自己头上戴了一个漂亮的花环；小蛇佼佼头上戴了一顶导演帽，两个耳朵还挂上了鸡血吊坠；小熊猫把自己的黑眼圈涂上了厚厚的眼影；乌鸦小姐在脸上抹了厚厚的白粉；小鸟文文把自己的爪子都涂上了五颜六色的指甲油……森林的小动物们，为了美丽都想尽一切办法打扮着自己。

　　孔雀欢欢却无动于衷。依旧是该锻炼身体时就锻炼身体，该找食物时就去找食物，该洗澡时，就把自己收拾得干干净净漂漂亮亮的。许多小动物都劝欢欢："你也打扮打扮自己呗。"欢欢却说：

"谢谢大家，我知道了！"可是，大家看到她今天还是昨天的样子，没有一点儿变化。

选美比赛终于开始了。每位小动物都在T型台上走着猫步，摆着各种各样的造型。可是评委们看了直摇头，观众更是对他们品头论足。最后一个出场的是孔雀欢欢。当她迈着轻盈的步子走上舞台时，评委的眼睛一亮，都看得目不转睛。走了一圈之后，孔雀开屏了。霎时间，台上台下欢声雷动。大家都说，孔雀才是最美的。

比赛结束，河马大叔宣布比赛结果：孔雀欢欢获得了森林最美的小动物的光荣称号。其他的小动物不满，都去找河马大叔。"为什么把最美的动物授予孔雀欢欢，而不是我们？"河马大叔说："其实最美的就是最自然的，最健康的，最真实的自己，而不是打扮出来的美丽！""噢！我们明白了……"

"木"字旅行记

王文轩

引子：

  "木"字在字典家族中是个小不点儿。他一直默默无闻地生活在字典家族中。黄金周放假的消息传到了字典家族，引起了不小的轰动。小"木"也动心了。他也想出去旅游一次，好结交几个朋友，长长见识。

"木"字的第一天旅行——物有所值

  "木"字兴致勃勃地背着轻便的行囊上路了。他首先想到的就是："我自己能不能变成一个真正的木头呢？"心想事成，木实现了自己的第一个理想，变成了一根木头。他坐在大货车上，被汽车拉到一家家具厂。随后，锯、刨、量尺寸、做家具、油漆，原先土不啦叽的木头，变成了闪闪发光的家具。由工厂、商场到了一户装修豪华的客厅。女主人整天把他打扮得一尘不染，晶光锃亮。木头终于感到自己的价值所在。他，太高兴了！

"木"字的第二天旅行——爬上爬下

在家里做家具滋味很美，但是，"木"字的理想却是要交朋友。所以，他离开了那户人家，开始了第二天的旅程。"木"走啊走，因为经常不活动，不一会儿就汗流浃背、气喘吁吁了。他不得不坐在路边的一块石头上休息。正在这时候，他遇见了"子"字。"子"说："好朋友，我们一起旅行好吗？""好！但是我太累了，走不动了，这可怎么办呢？""我背着你好了！"于是"木"和"子"成了好朋友，他们变成了"李"。"木"字高兴极了。因为"李"是中国第一大姓氏。那就是说："我们的朋友遍天下喽！""李"兴高采烈地走着，真是有点儿欣喜若狂了。

"木"在"李"的背上得意忘形，真的有点儿飘飘然了。就在这时，"木"看见路边有个方格在不停地抖动，有趣极了。"木"纵身一跃，跳到了方格上。"唉哟！我的老腰！这是谁呀，那么不讲文明？""木"忙说："是我，口爷爷！对不起！""我的腰都贴着地了！快帮我揉揉！""好的！"揉着揉着，"木"把自己和"口"揉成了"杏"。"木"更高兴了！因为杏可是北方非常好吃的一种水果。杏花开放时，更是红彤彤一片，春天就成了花的海洋。"木"就在美梦中和"杏"度过了美妙的夜晚。

"木"字的第三天旅行——目瞪口呆

"木"一觉醒来，发现"口"爷爷不见了，他就继续赶路，走着走着，他发现"口"爷爷正在路边躺着，就上前问道："口爷爷，你咋又躺在这儿呢？""我的老腰被你撞得今天更疼了！""那好！我就背着你走吧！""口"爷爷坐在了"木"的背上，继续赶路。走着走着，就听有人喊："呆子！呆子！""木"左顾右盼没有发现旁边有其他的人，就问："你说谁呆呀？""哈哈！真是个呆子！不是你还能是谁？""噢！你瞧我这榆木脑袋瓜，木在口下不就是呆吗？""木"急忙把"口"爷爷放下，一溜烟儿地跑了。

"木"字的第四天旅行——回归田园

这天，"木"独自一人来到了田野里。他正在田间小路上走着，忽然碰见了"对"字，于是他们手拉手一起行走。就这样他们变成了路边的一棵树。他们防风固沙，保持水土，为田野增添了一抹新绿。就在这时，忽然，"对"的手机铃声大作，原来"对"买的福利彩票中了大奖，彩票中心正通知他去领奖去呢！"对"要走，"木"舍不得。"对"说："那好，你先和我的孩子'寸'一块儿回家吧！""木"没办法，只好和"寸"一起回到了"村"中。那一晚，"村"热情地接待了"木"，并在"村"中度过了一个美妙的夜晚。

"木"字的第五天旅行——武功盖世

"木"在村中休息充足，又继续往前走。这时，"木"忽然看见不远处有个小不点儿"、"在哭鼻子。"木"心生怜悯，就叫"、"坐在自己的右肩上，继续往前赶路。走着走着，"、"问"木"："你想学习什么技术呀？""木"说："我想学习咱们中华武术行吗？""没问题！"于是，他们又找到了"武"，开始了学习中华"武术"。没多长时间，"木"就十八般武艺样样精通了。"木"成了一名武林高手。当"木"忙了一天要睡下时，不免心潮起伏，心想："今天真是过得充实，有意义！"

"木"字的第六天旅行——被困牢笼

有了一身武功的"木"字走起路来浑身是劲儿。正当他大踏步地走在新一天的旅途上时，忽然又遇到了"口"爷爷。"木"正想一试身手，报自己受辱之仇。还没等他出手，"口"爷爷已张开大"口"把他牢牢地吃进肚子里了。"木"说："这真是'道高一尺，魔高一丈'呀！想不到我一身武功，竟羊入虎口，可悲呀！"就这样"木"被"困"在了"口"中，变成了瓮中之鳖。"口"使出浑身解数都无济于事，他只好作罢。夜里，"口"爷爷年纪大了，不一会儿就鼾声如雷了。"木"趁"口"爷爷熟睡之机，终于逃出了牢笼。这时他才长长地舒了一口气，"好险呀！"

"木"字的第七天旅行——兄弟重逢

逃出牢笼后，"木"加快了脚步，终于，在天亮之前赶到了旅行的下一站。这天，"木"正在行走，忽然看见自己的两个同胞兄弟。亲人相见，喜极而泣。"木"抱住两个兄弟亲了又亲。他们成了"森林"。于是，这里出现了大片的森林，他们以此为家，同甘共苦，风雨同舟，患难与共，一起为祖国的绿化贡献着自己的一份力量。"木"感到自己幸福极了！

后记：

　　"木"字经过了七天的旅行，终于明白了：只有把自己融入到集体的大家庭中，和同伴团结互助，患难与共，默默地奉献自己的一份力量，才能体现出自己的人生价值，才是最有意义的。

首届天庭运动会

李奇琦

在宇宙的最上层，有一座巨大的宫殿叫金銮殿，那里金碧辉煌，宽敞明亮，布置精美，亭台楼阁，小桥流水处处可见。在那里住着许许多多大大小小的神仙，他们整天自由自在，无忧无虑，快乐幸福。在宫殿的正中央有一个水平如镜的大湖泊，湖水清澈透明，通过它可以看见地球每一个角落发生的大大小小的任何事情。当然，2008年的北京奥运会众神仙更是一场不落全看完了。而其中的菲尔普斯、王楠、姚明等一大批奥运明星的表演更是让他们赞不绝口。所以，玉皇大帝召集群臣商议，是否在天庭也举办一届神仙奥运会呢？众神仙一听，拍手叫好，于是，开奥运会的事就这样定下来了。

翌日，太白金星来奏："今天是黄道吉日，适宜运动。"玉皇大帝一听大喜："好，准奏！快去传朕的旨意马上行动吧！朕也要御驾亲临！""得令——"太白金星一溜烟儿就没影了。

上午八点钟，奥运会正式开幕。首先是由天空歌舞团表演的大型舞蹈《我们爱太空》，之后是神仙乐团的器乐合奏《做神仙真好》。在开幕式结束之后，比赛就正式开始了。

第一场比赛是10000米长跑。参赛选手是赤脚大仙和弥勒佛。他俩一上路就开始了你追我赶，谁也不让谁。不过，不管怎样追赶，他俩的脸上始终都是面带微笑，真是"无烦、无恼、无忧愁"呀！等比赛进行到尾声时，赤脚大仙开始一路领先，而弥勒佛因为体重的原因开始慢慢落后。结果，赤脚大仙取得冠军，而弥勒佛屈居第二。可是，不管胜败如何，两人的脸上都是始终带着微笑。大家都被他俩的这种"胜不骄，败不馁"的精神所感动。怪不得人们送给弥勒佛"大肚能容，容天下难容之事；开口便笑，笑天下可笑之人"这样的一副对联呢！

第二场比赛是体操。是由两位老爷爷级的选手太白金星和太上老君对决。他俩来到场地中间，有时720度后空翻，有时凌空起跳，有时抓起单杠飞速旋转。他俩身体灵活，姿态优美，动作娴熟。完全看不出他们都是上百岁老人的样子。两位老神仙这种不服输，老当益壮的精神感动了所有在场的观众。会场时不时会爆发出雷鸣般的掌声。最终，他俩并列第一，双双载誉而归。

第三场比赛是舞蹈大赛。参赛选手为九天仙女组合和雅典娜女神组合。赛场上，两组选手都使出浑身解数，翩翩起舞。他们的舞姿优美，音乐美妙，动作娴熟大方。最终，九天仙女组合获得了本次比赛的团体第一名。雅典娜组合居团体第二名。

看完比赛，玉皇大帝龙颜大悦。当即宣布："全天庭放假一年，各位神仙可以自由组合去各地旅游，所有吃喝路费花销一律由天庭财务厅报销。今日大家不用回去，朕要大宴群仙15天，不醉不归。好了，现在天庭快乐Party开始——"

做神仙真好呀！

冤家聚首

云天正

　　星期日，动物商店举行闯关赢大奖活动。很多小动物都来参加比赛，其中就包括小乌龟和小兔子。

　　小动物们准备好了，裁判一声令下，比赛开始了。顿时，赛场上烟尘滚滚。毫无悬念，落在最后的当然是乌龟。它一边爬一边想："这次比赛，我肯定跟奖牌无缘了。"可是，它仍然坚持一步一步往前爬。

　　当他爬到河边，看见自己的冤家对头——兔子站在那里，一动不动。乌龟风趣地说："兔MM，你是在等我吗？"小兔子摇摇头，不好意思地说："才不是呢！"乌龟想：这小妞肯定不会游泳，我该不该送它过河呢？想了想，小乌龟还是拿出男子汉应有的气度，对小兔子说："兔MM，我的龟壳虽然没有双鱼星号油轮那么豪华，可也挺结实的哦！你要不要坐上来呀？"兔子心想："这家伙，该会不会骗我上当，在河中间把我扔下去呢？"小乌龟看到兔子犹豫不决，说："兔MM，过了这个村就没有这个店喽！"小兔子想，反正也没有别的办法了，索性把心一横，死就死吧。于是，她就坐在龟壳上，乌龟托着她起航了。乌龟游到河中间的时候，累得气喘吁吁，还不忘和兔子开玩笑："兔MM，没想到你吃素的，也长得那么重。"兔子说不好意思地说："是呀！看来我该减肥了。"

终于到对岸了！兔子看着有气无力的乌龟，不忍心丢下它，就对乌龟说："龟GG，我背你跑吧？"乌龟有些难为情："哪有妹妹背哥哥的？"兔子说："别想那么多了，快来吧。"

兔子背着乌龟一路狂奔，身上的汗水像下雨一样。兔子说："吃肉的小子，你也该减肥了。"乌龟说："呵呵，没办法。我喜欢旅游，就把单身公寓整天背在背上。"

到了终点，裁判吃惊地看着他俩：兔子怎么背着乌龟跑呢？乌龟嘿嘿地笑着："男女搭配，比赛不累！"裁判听得一头雾水，就问小兔子怎么回事？小兔子的回答更玄："不是冤家不聚首，冤家聚首高一筹！"

最后，他们手牵着手，三步并成两步去领奖了，只留下裁判在原地发愣。

猴子落水啦

莫财太

在小河边，住着小猪、小山羊和小白兔，他们在太阳升起来的时候，就到田野劳动；在太阳落山的时候，就回来休息，生活无忧无虑的。

小猪喜欢吃桃子，就在门前种了一棵桃树。桃树长得枝繁叶茂的。天气热了，小猪、小山羊和小白兔就在树下乘凉；下雨了，他们就在树下避雨；更多时候，他们在树下下棋、做游戏。桃树成了他们的乐园。

夏天到了，桃子成熟了。小猪在竹子上系着一个铁钩，把桃子摘下来。小猪、小山羊和小白兔津津有味地吃着。

不知什么时候，来了一只小猴子，跳到树上摘桃子吃。小猪觉得，可能是一只过路的小猴子，就让他吃几个吧。

第二天，小猴子又来摘桃子吃，小猪忍不住了，问道："你为什么又来偷我的桃子？"

小猴子却说："这桃子是我的，怎么说是偷呢？"

小猪一听，愣住了："这桃子是我种的，怎么说是你的？"

小白兔也附和着：“这桃子是小猪的，我亲眼看到他种的。”

　　小猴子折了一根树枝，跳了下来，凶狠地说：“这桃子，我说是我的，就是我的。你们再多嘴，我就不客气了！”说着，挥动着手中的树枝，吓得小猪、小山羊和小白兔都不敢说什么了。

　　小猴子又跳上桃树摘果子吃了。

　　小猪、小山羊和小白兔在草地上做游戏，突然听到“救命”声，小白兔说：“是小猴子在喊救命。”

　　小猪冷冷地说：“活该，谁叫他偷我的桃子！”

　　小山羊对小白兔说：“我们去看看吧。”

　　小山羊和小白兔来到河边，看到小猴子在水里挣扎着。原来，小猴子在摘桃子的时候，不小心掉进了河里。小山羊和小白兔连忙去拿竹竿，小猪也来帮忙了。在大家的共同努力下，小猴子得救了。

　　小猴子低着头说：“对不起，以前是我不对，你们原谅我吧。”于是，小猪、小山羊、小白兔和小猴子成了好朋友。

"小四眼"
漫游近视国

施燕楠

在美丽的南南瓜学校五年级（1）班，有一个名副其实的"小四眼"。她是一个戴眼镜的女孩，原来的她长相挺水灵的，可因为看书写字几乎靠在书本上，因此和高度眼镜成了好朋友，什么都靠眼镜，长相因此也大打折扣。那坏毛病总是不改，于是近视度数不断上升，成了"小四眼"。

一天晚上，"小四眼"正在做着香甜的美梦，忽然被一种力量推醒了。她很不情愿地揉了揉惺睡的眼睛，一只闭一只睁，嘟着嘴巴问："谁打搅了我的好梦？"原来是一个身高才五厘米的小姑娘，戴着一副超高度眼镜，头上还有一个小小的王冠。她摇醒"小四眼"，笑着说："你不是很喜欢近视吗？我带你去近视国，那里的人全是近视。我是那里的公主夏莹。接到父王的指令来接你。""小四眼"一听，连忙翻身坐起来，问道："真的有近视国吗？"夏莹很生气："我不就是近视国的嘛？！""小四眼"高兴极了："公主陛下，小四眼知道了，快带我去吧！"夏莹点点头，手撑着下巴，一副深思熟虑的样子："好的。不过靠你这个个头，整个身子一躺下来，整个国家都得被你压垮！先吃下这块巧克力吧！""小四眼"笑嘻嘻地："谢谢公主，我小四眼不客气了。"待小四眼一阵狼吞虎咽吃下巧克力，变得和夏莹一样小了。"小四眼"细细地打量夏莹："公主长得很漂亮，但是就眼睛不好，要是有一双水灵的大眼睛，那公主就十全十美了！"

夏莹笑了笑："哼！当然漂亮！我是公主嘛！你说眼睛？我眼睛好就不是近视国的小公主了。对了，我叫夏莹。"

不知不觉，她俩已经到了小河边，那里停着一只玻璃小船，在阳光下闪闪发光。夏莹笑眯眯地说："这是我的特船！我们坐这只船去近视国。""小四眼"惊喜得眼珠都要凸出来了："夏莹，我们真的能乘它吗？"夏莹催促道："当然，你快点，爸爸还在等我们呢。"

撑着玻璃船来到近视国，"小四眼"吃了一惊，原来这里的东西全是玻璃做的，玻璃房子、玻璃树、玻璃花……

刚来到近视国，"小四眼"的自我感觉还不错。她很高兴地走进近视国，自豪地想象人们会热情地欢迎她。可令她意想不到的一幕发生了：戴着大眼镜的人们表情很冷漠，似乎没发现她这个天外来客。"小四眼"失望极了，一边走一边小声问夏莹："夏莹，这里的人们是不是有毛病？"夏莹打了她一下头："别乱说！"又用忧郁的双眼对着那些冷漠的人看了一眼，痛心疾首地说，"他们没有乐观，全为自己的眼睛丑而自卑，长期下来就没有了火热的感情，心已经化为了玻璃。"

来到皇宫，"小四眼"在宫中住了下来。正当"小四眼"肚子饿得直唱"空城计"时，中午开饭的时间到了。来到皇家的饭桌前，"小四眼"望着满桌香喷的饭菜直流口水。女佣端来了一碗炸酱面，呀，"小四眼"最爱吃的食物！她埋头吃了一口，就"呸"地全部吐了出来。原来，近视大厨因眼睛不好，把炸酱面中最重要的材料——面粉错当成了淀粉来放，把醋当成了酱油来放，把糖当成了盐放，怪不得难吃呢！

中午真是倒尽了胃口，哪里还有心思吃晚饭？"小四眼"无力地叫来小女仆芭芭拉，对她轻声说："我累了，带我回房吧！"芭芭拉把她送进了一个豪华的房间，"小四眼"惊叫："真是太豪华了！"连忙找来夏莹，夏莹也一愣："咦？这是我的房间呀！"说完，奇怪地望着芭芭拉。芭芭拉连忙去看，头伸着，直到把眼睛几乎贴在门上，才看出房门上写着是夏莹的房间。

芭芭拉抱歉地说："对不起，公主陛下。奴婢一定把这位小姐带到她的房间。"说完，对着"小四眼"做了一个"请"的动作，引到准备给她的房间。房间虽然也很豪华，床前有个"汉堡包"，"小四眼"不顾细细查看，就吃了下去…"哎呀！"只听一声凄厉的惨叫，"小四眼"的牙咯掉一颗，疼得捂着嘴大叫起来……原来那是汉堡包型电话机！

一连过了几天，"小四眼"因为吃不好、睡不好，脸颊都瘦了。他感叹道："唉！还是有一双明亮的眼睛好呀！"

几天后，"小四眼"要求回家，国王和夏莹怎么劝都劝不了。夏莹把她带回家，给她吃了一块糖果，"小四眼"瞬间变回了原来的高度。"小四眼"依依不舍地望着夏莹离去，挥手告别，夏莹也微笑着挥手…

第二天，"小四眼"起床第一件事就是按摩眼睛，看书写字也不怎么将眼睛靠近书本了。两三个月过去了，"小四眼"的近视度数不再变高，通过中医理疗渐渐恢复了视力，眼睛变得清澈又明亮，像明亮的星星。大家不再叫她"小四眼"，而叫她"小星星"了。

"小星星"郑重发誓：以后一定要爱护眼睛！

小雪粒的故事

李明宇

乐乐是一粒雪，听它的爷爷讲，以前只要到了冬天，雪孩子们就可以到下面的世界去旅游。

现在可不同喽，乐乐从出生起就不知道下面的世界是什么样的，他甚至没听说过有人去成过那里。因为那里太热了，容不下他们，一年四季都是如此。

他好奇地问爷爷："以前的时候，下面的世界好玩吗？"

"好玩着哩！到处都是白茫茫的一片，我们可以在那待上好多天！一直到春暖花开，小河复苏的时候呢。"

听了爷爷的话，乐乐更想去下面了，可是爷爷不让它去。爷爷苦口婆心地说："下面太热了，你会化成水的。"

乐乐不管这些，它早就在云里待够了，它是多么想去外面玩一玩呀。再说谁也不想天天是夏天，那样多单调，多无聊啊！于是，乐乐约了几位同事，秘密协商，逼迫政府人工降雪……

天界立刻爆炸开来。科学家们连夜用降温机把温度降低了55度，发动人工降雪机才把乐乐它们全都降落下来……

等到他再睁开，一切都大失所望——路上全都是各种各样的垃圾，天空中弥漫着刺鼻的味道，人人都带着防毒面具，路上的工厂不断地冒出黑烟，几乎要把整个城市给吞噬掉。

乐乐后悔自己来了这里，自己的白衣服已经全变黑了，没有人理会他们，因为他们太脏了，仿佛用手碰一下它们都会弄脏自己。这些可怜的小雪粒，已经没有再来这里一次的想法了，甚至永远都不要在这里再停留一刻。

就在这时，全球的资源完全被消耗殆尽，降温机没有了电力，气温马上恢复到了45度，小雪粒们全都轻飘飘地回到了天上，它们变成了水，化成了水蒸气，又在没有被污染到的地方变成了雪，历尽千辛万苦，重返天界。不能去第二次了，它们发誓。

乐乐不知道，地球快要灭亡了！过分的贪婪使得人类自己毁了自己。

这天，是公元2572年。

狼和兔的较量

桑雨倩

在大森林里，居住着一只狡猾的大灰狼，它常常残害小动物，最近他又打起了小兔子贝贝的主意。一想到那肥美的兔肉，他就会禁不住流起口水来。

但小兔子贝贝可不是那么好抓的，虽然她的身材肥胖，可她却是森林里数一数二的聪明人物，要想抓住它，大灰狼动了一整夜的脑筋，终于想了一个自认为万无一失的计划。

大灰狼趁夜深人静的时候，在贝贝家门前放了一大堆胡萝卜，又在胡萝卜下放了一张网，而自己却躲在草丛中，拉着网绳，专等着兔子贝贝出来，梦想着趁小兔子吃胡萝卜时，把它给网住，然后自己就可以尝到那肥美的兔子肉了……

终于，早晨到了，兔子伸了个懒腰，打扮一下，出去找吃的了。

刚走出家门，它就看到一大堆胡萝卜，它刚想去拿，就停了下来，不对呀，这无缘无故的怎么会有那么多的胡萝卜呢？这肯定有人要诡计，让我先来试一试，于是，它想到了一个办法。

它拿来管子，然后又把一块块大石头通过管子，滑到了那张网中，同时又故意装作边吃东西边大声说："真好吃啊，真鲜美的胡萝卜啊！"

　　大灰狼一夜没睡，正在草丛里做着吃兔子的美梦呢？一听到兔子的声音，"呀，你终于让我给抓住啦！"老狼想也不想就使劲儿一拉，但老狼用力过度，那只"兔子"被拉上了天空，砸了下来，大灰狼还以为是兔子来了，张开双臂去迎接，没想到却被网中的大石头给砸破了头，晕倒了。

　　兔子发现了晕倒在草堆里的大灰狼，叫来了大家，用网把它绑了起来，扔进了大河里。从此，大森林里充满了幸福、和美的气氛，小动物们再也不用担心了。

第六部分
多彩的生活

　　一缕晨光漫不经心地将光柱射到公园角落的一棵老灌木上，立即卷起金色粉尘飘飞炫舞，被阳光照得通体金绿的老灌木更是如梦如幻，仿佛参天大树般挺拔健壮。在它的呼应下，这里俨然是一个新的世界，每天都发生着不同的故事……

——王瑶《老灌木下的晨曦》

"温柔淑女"
与"疯狂丫头"

刘卿竹

你是喜欢温柔淑女还是疯狂丫头呢？不管你喜欢什么，反正我心里还是喜欢做一个温柔淑女。

这一天晚上，我正在"吧唧吧唧"地吃晚饭，爸爸看了看我，皱着眉头说："发出这么响的声音，可一点也不像温柔淑女啊！""什么？温柔淑女？咦！我要做，我要做！快教教我！"我拉搡着爸爸。

"别着急，先叫我一声刘专家……"爸爸笑了笑，不紧不慢地说。

"好……吧，你是刘专家……快给我讲讲吧！"我无可奈何地说，心里想：你就吹吧。

这时爸爸说道："要想做淑女，就得这样……"爸爸示意给我看，他先用"兰花指"拿起筷子，慢慢夹起一片肉，轻轻送进嘴里，漫不经心抿着嘴嚼起来，那姿态活像个"女人婆"。

等爸爸表演完，我叫道："我可以做淑女！"爸爸说："别吹牛，你这个野蛮丫头！我估计你做一分钟也不行！淑女说话要轻，表情要文静，动作要温柔，不许随意发火……做淑女，要先接受我的考验。""没问题，开始吧！"

第一回合，我摸着头发，细声细气地对爸爸说："绅士你好……"爸爸没说话，在桌子底下把脚伸过来，用脚丫夹了一下我的腿，我疼得叫起来，一拍桌子："你干吗？"爸爸"嘘"了一声，笑道："请注意淑女形象！"我立即换上了笑容。

第二回合，我抓起"光明"牛奶，喝了一口，爸爸说："我给你讲个故事，老师说谁会用'难过'造句？二狗子举手，'我会'，我们家门口臭水沟特别难过。老师说，我比臭水沟还难过……""噗——"我一口牛奶喷了出来，"咯咯咯"大声笑起来，边笑边敲桌子。爸爸直摇头："请注意淑女形象！"我只好忍住不笑。

第三回合，我在客厅跳舞，慢慢进入状态，爸爸说什么我都不理睬，依然保持淑女迷人的笑容，爸爸没办法，跑过来要挠我痒痒，我躲来躲去，没躲掉，笑得躺在地上，突然乘爸爸得意洋洋，我爬起来一脚踹在爸爸背上，差点把"刘专家"踹倒。爸爸回头笑道："请注意……"

我叉着腰瞪着眼睛叫道："算了，算了！我不做什么淑女了，我还是做我的野蛮丫头吧！"

单翼天使

苏景业

上帝说，在所有的天使之中，我已经选中了一个给你，她将会等待你和照顾你。

我的妈妈就是这样一位天使，她等待着我降临，照顾着我成长。

十几年前的冬夜，西北风刮了一夜，我降临了。妈妈抱着我，亲着我叫我宝贝。唱《摇篮曲》给我听。牵着我的手过马路。送我去幼儿园。每个夜晚，我都在妈妈的故事里甜蜜地熟睡。

妈妈在院子里种了一大片爬山虎，每到夏天，爬山虎就爬满了一堵墙，只露了窗户出来。妈妈希望我像爬山虎一样踏实地走好每一步。

公园的地面镶嵌了很多五颜六色小灯，天黑的时候，像天上的星星缀满了一地，很漂亮。刚刚会蹒跚走路的我，紧紧地抓着妈妈的手，一脚一脚地去踩"星星"。

还记得上小学的第一天，妈妈在校门口，一直看着我走进教室，还踮着脚往里望。

考试成绩好的时候，妈妈比我还高兴。考不好的时候，妈妈总是默默不语。

每天中午，妈妈从单位赶回来给我做饭。夏天，她被晒得又黑又瘦。冬天，她总是一边进门一边搓手，脸冻得红红的。去年暑假，她单位搬到了西山上。万般无奈，我每天中午就在大姨家吃饭，她每天都打好几个电话询问我的情况。

没几天她就给我报了篮球班，她说怕我老一个人在家待着不与人交流。

为了我的英语，她又给我找了个家教，每天晚上下班开车四十分钟从西山回来，赶忙弄点吃的，然后又开车送我去上课，两小时之后再去接我，她笑称自己是俄国人——车尔夫司机。

快开煤博会的时候，全市大修，这可难倒了我，上学那么远，路都在修，同学们经常有迟到的。聪明的妈妈就想到一个办法，她给我买了个折叠自行车放在后备箱里，每天从唯一好走的长风街，到滨河西路西里桥放下我，折好自行车，我只用十几分钟就到了学校。

那时我才明白两点之间直线最近。

那辆车子却在某天中午被可恶的小偷偷走了，我哭着打电话告诉妈妈，妈妈说："没事，我算着它早该丢了，你们同学每月丢一辆，咱这已经三个月了，够本了，别哭了宝贝。"听着她的话，我的心不那么难受了。

那天晚上，妈妈下班开车接我回家，她让我坐在她身后的座位上，而不像平日里坐在她旁边的座位上，她说感冒了，头晕眼花，中午又加班。路上我听见她一直在小声哭。

可一回到家，她又忙着给我做饭，让我写作业。我唯一能做的，就是她躺到床上，我帮她倒杯水。妈妈说："儿子长大了，懂得照顾妈妈了"。

上星期电脑课要用U盘，我拿上妈妈的U盘去了学校。上课打开的时候，我看见了一个令我一生都不能忘却的文档：离婚协议书。我一生都不想再看见的五个字……这五个字在我心上像无数把刀同时插进去，我真想把自己紧紧蜷曲起来，找一个小小的抽屉躲进去，往事的点点滴滴就像电影中的画面一样在我眼前晃动……

我的眼泪一直流，我的心疼得像被针扎着，我在夜里哭了很久，一直哭到睡着，睡着又惊醒。十三岁了，我才知道什么叫"失眠"，第二天早上我的眼睛很红，妈妈问我"怎么了"，我摇头笑了一下就下楼了。

路上妈妈一直看着我，她好像察觉到什么。到了学校，我的好朋友都很关心地问我"怎么了"，我都对他们说"没事"。那天，我的身上一会儿冷一会儿热，不知是什么滋味。

爸爸离开了我们。我一个人走在回家的路上。

上帝说，你的天使，每天将会为你歌唱和微笑，你将会感受到你的天使的爱，你会感到快乐。

她失去了另一半，变成了单翼天使。

晚上睡觉前，妈妈还记得给我讲《小亚当的秘密》，她好像什么事情都没有发生过。

有个男人捧了一大束百合，不远处一个漂亮女孩子带着一连串幸福的笑跑过来。我多希望，那个漂亮女孩，她就是我的妈妈。

老灌木下的晨曦

王　瑶

　　微醺的晨光伴着泥土的馨香翩翩而至，它带来朵朵笑脸的花儿、只只斑斓的虫儿，还有颗颗剔透的小露珠。

　　一缕晨光漫不经心地将光柱射到公园角落的一棵老灌木上，立即卷起金色粉尘飘飞炫舞，被阳光照得通体金绿的老灌木更是如梦如幻仿佛参天大树般挺拔健壮。在它的呼应下，这里俨然是一个新的世界，每天都发生着不同的故事……

　　露水在灌木不大的叶片上打着转，向这向那滚动，但每次都被呵护的叶儿噙住，或者落入另一片叶子的怀抱，然而太阳一出来，它们就消失得无影无踪，就仿佛一个个可爱、顽皮的小精灵，当人们追寻它们的踪迹时，立刻消失不见了。

　　一只小甲虫蹒跚地爬上老灌木的一条朽枝上，灌木枝立即摇摇晃晃咿呀作响，有好几次它快要掉下去，黑亮的小壳在阳光下一闪一闪，它连忙用所有的小脚抠住叶杆，稳住再敏捷地爬着，但甲壳显然让它负重有些大了，不久它又停住，似乎有了几秒的思考，壳儿一展，里边便伸出一对半黑半透明的小翅，一展翅便飞去不见了……

一只黑色身体嵌着黄绿不规则斑块的胖蜘蛛，伸着修长的前腿漫步走来，抬眼望望它漂亮纤细的蛛网愣住了，不知何时它的蛛网已变成一张华美的"珠网"，那是颗颗水晶般的晨露的杰作，然而蜘蛛先生没有为这张珠网陶醉，华而不实是它的评价，于是蜘蛛带着失望离去了，半个小时后，它会返回，那时网已被阳光烤干，或许还会沾上一只肥美的小蛾子，那才是它丰盛的早餐。

在老灌木另一侧的主干上，一只背了小小圆壳的蜗牛正在行进，身后拖出一道长长的亮痕，那是它腺液留下的痕迹，此时在阳光的照射下竟现出彩虹般的迷人色彩。蜗牛没空欣赏，它今天的旅程很长。在途经几粒露珠时，它别无选择地压了过去，打扰了正捧着露珠饮水的山蚂蚁，它慢吞吞地道歉，继续前进，腺液却被露珠冲淡了消失了，但不久又慢慢现出了，然而它又陷进新的露水池，如此往复，它七彩的亮痕断断续续，远远望去竟仿佛一条精美的珠链。

不久之后还会有竹节虫、蟋蟀来晨练，蝴蝶小姐也会适时到访，晨曦中老灌木下的故事也将一幕幕继续下去……

那淡淡的香味

姚晓婷

又一次，来到这充满童趣的地方；又一次，看见她在露珠的滋润下竞相开放；又一次，闻着那淡淡的香味。不经意间，想起了以前的点点滴滴。

一直以来，我最喜欢的花莫过于桂花了。她小巧玲珑，四片小叶子微微闪着金黄的颜色，总是飘散着淡淡的清香。但是她却默默无闻，质朴无华，她那娇小的花瓣，就像一只小小的宠物让人喜爱、让人怜悯，这不得不让我对桂花情有独钟。

小时候，幼稚的我总觉得桂花那小小的叶子里躲着一位花仙子，这个花仙子有着无穷的魔力。每次指挥着世间的所有蝴蝶和蜜蜂辛勤劳动。她有一根魔杖，只要挥一挥这根魔杖，令人芬芳扑鼻的香味就会迎面袭来，魔杖晃一晃，香味四处钻。这种香味不是暂时的，而是长久的，一发不可收拾。有时候，我走进她的面前，还能听见她轻轻地向我挥手的声音呢！但当我伤心难过的时候，我不由将自己心中所有的不愉快全部倾吐给她，她就像母亲一样和蔼可亲、耐心地听我说，并在我最失望的时候给予鼓励。说完了，又仿佛感觉到她在用她那温柔的双手抚摸着我的头，轻声对我说：

"好孩子，开心点，困难是不能打倒你的……"突然间，我仿佛变了一个人似的，心中的不满、悲伤渐渐被勇气替代了。

那淡淡的香味，一直以来都是我生活中不可缺少的一部分。昨天是，今天是，明天是，永远都是……

昨天的我，还那么幼稚。整天无所事事，就知道想一些鬼点子：采一些桂花放进口袋里呀！把她们聚集在一起呀，让她们变成飘飘洒洒的桂花雨啊……桂花给我的童年增添了不少乐趣，让我的童年生活更加丰富多彩，更加的富有滋味，像桂花一样香气扑鼻，甜蜜，这种气味是"桂花仙子"赐予我的巨大鼓励。

今天的我，已经变成一个稍稍懂事的小女孩，一个聪明、可爱的小学生了。整天遨游在书的海洋里，漫步在知识的天堂里。可是，每当我放学以后，我总爱在她的身边待上一会儿，闻着那淡淡的香味。此时，学习中的压力立刻跑到九霄云外去了，整个人也变得分外轻松。

明天的我，或许变成了一个工作忙碌的大孩子了。但是，那淡淡香味总是让我在最困难的时候帮助我。她是我的"救命草"一双援助的手总是把我从"悬崖"拉回"天堂"。

时光易逝，岁月悠悠，我也从一个小孩子变成了一个学生。窗外的小树苗也变成了一棵棵参天大树。但是，唯一不变的是那淡淡的香味。她总是在我遇到困难的时候，悄悄地安慰我，为我排忧解难。闻到那淡淡的香味，我就有了勇气，勇敢地面对自己，面对生活，

桂花虽然没有牡丹花那样高贵典雅，也没有荷花那样娇艳动人。但是，她却是世界上最朴实无华，默默无闻的，她把自己毫无保留地奉献给人们，自己却不求任何回报！

桂花，那淡淡的香味！永远萦绕在我耳畔！永远沉睡在我心底，只有我知道！

不经历风雨，怎能见彩虹

周任雅

　　人们都说："要想获得成功，就得付出无数的汗水与艰辛。"通过参加开发区"学会感恩，真情回报"的演讲比赛，我深有体会。

　　那是一个星期一的早晨，我突然接到了中队辅导员史老师的通知，要我代表学校参加开发区的中小学生演讲比赛，比赛的主题是"学会感恩"。听到这样一个消息，看到辅导员老师那信任而又充满期待的眼神，我深深地感受到这次比赛是多么的重要呀，同时也感受到了一种从未有过的责任与压力。

　　为了在比赛中能取得出色的成绩，老师们和我都精心准备着。演讲稿一波三折，终于在语文老师的帮助下，一份真诚而又精彩绝伦的演讲稿"横空出世"了。这篇难得的演讲稿也给我带来了巨大的挑战，因为它感情真挚而丰富，用词优美，句式大气磅礴，排比句特别多，可谓激情四射。这样的稿子，对于我一个纤弱的"小女子"来说，可是颇具难度呀。不过，我也是个不畏艰难的人，虽然有困难，但我还是满怀信心，我相自己，我知道自己行，一定行。

每天，我都在紧张的训练着，为了使我取得好成绩，中队辅导员史老师几乎天天问我有没有进展，而我们的语文老师更是天天给我逐句辅导。他每天不厌其烦的一遍又一遍地指导着我，或如涓涓细流，或如白云悠悠，或是电闪雷鸣，或是波涛起伏，我认真聆听着，耐心练习着，用心接受着，渐渐地，我也有所感悟，有所进步了。功夫不负有心人，我的进步得到了学校老师的认可，我更坚定了自己成功的信念。

比赛的日子终于到来了。在学校的多功能室，来自全区的二十多名选手们汇聚一堂，有中学生，还有小学生，看到这么多选手都是跃跃欲试、信心满怀，我不由得开始有些胆怯，有些没有自信了，我能拿到第一吗？我能独占鳌头吗？时间在一分一秒地过去，台上的选手也一个一个展现自己的风采。我仔细聆听着，丝毫不敢掉以轻心。毕竟他们都是我的竞争对手呀，俗话说"知己知彼，方能百战不殆。"我要吸取他们优点，弥补自己的不足。当主持人报到二十五号的时候，我的心反而平静了。我要上场了，带着自信上场，带着微笑上场，我深吸一口气，迈步走到我熟悉的台前，开始了我的演讲……

一切是那么完美，没有停顿，没有忘词，有的是一气呵成，有的是激情飞扬，我心中的一块大石头终于"尘埃落定"，我是最后一个选手，全场的压轴，我也是全场小学组最高得分，我胜利了，我骄傲，我自豪。

付出了汗水，我取得了成功。是呀，不经历风雨，怎能见彩虹呢？

家乡的大山

周朵朵

在我的家乡，有许多大山，正是这些高耸入云的大山坐落在我的家乡，才让我的家乡如诗如画，才让我的家乡显得如此生机勃勃。

春天，满山的竹林下，埋藏着许多调皮的"孩子"，它们就是春笋。那时候，迎春花、梨花、桃花……全都开了，把大山装扮得有滋有味，远远望去大山好像戴了一顶五彩缤纷的"彩帽子"。

夏天，山里的变化更是无常。有时候刚刚还是晴空万里的艳阳天，突然间就下起了瓢泼大雨，而不一会儿，就又雨过天晴了。这时候，大山的头顶上笼罩着一层白纱，那是雾气呀！汹涌的雾在翻卷，在咆哮，就像神话中的"水漫金山"！当一缕缕"利剑"照射下来时，呵！白纱不见了！这时，正在山上乘凉的人们就能把自己旁边的景物看得一清二楚。像各种野花，有的才展开两三片花瓣儿，像羞羞答答的小姑娘；有的含苞欲放，不肯轻易展开那天真的笑脸。不远处绿茸茸的小草先生就更可爱了，它们戴着一双双"眼镜"在阳光的照耀下显得更滋润了。

　　当秋风一吹，大山就更热闹了。苹果树上挂满了果实，红彤彤的像小娃娃的脸蛋。柿子树也被顽皮的小柿子压得累弯了腰，我好像听到了树枝妈妈的呻吟声。还有那沉甸甸的大鸭梨，黄澄澄的，像一盏盏小灯笼。果农们笑在脸上，喜在心田。他们的笑声，凑成了一串串动人的音符。我想这时的大山是最美丽动人的！

　　当万物萧条，雪爷爷在冬爷爷的召唤下，驾着马车急匆匆地赶来了。雪爷爷还叫来风弟弟帮忙，"呼呼呼呼……"风弟弟把雪爷爷洒在半空中的"白蝴蝶"飘悠悠地吹到树上，吹到屋顶上，吹到地上。不一会儿，大地就变成了银装素裹的世界。大山上的果子早已"过冬"去了，所有的叶子也都躲到地底下避寒去了，只有松柏依然苍绿，像卫兵一样守护着大山，在白皑皑的冬天里，突显出那一点翠绿。

　　我爱我的家乡，我更爱家乡的一角——美丽的大山。

越野比赛

张雪坤

　　星期天，原老师组织了一个游戏，叫做越野比赛。前几局的比赛简直是热火朝天，队员们争的不分你我，非常激烈，尤其到了最后更加激烈，那是因为不服输的我和争强好胜的原子雯上场了。

　　第一轮是跨桌子，我俩来到桌前，摆好架势，眼睛死死地盯住桌子，两脚往后一撑，准备好冲刺的样子，就等一声令下了。我心里顿时像揣了十几只小兔子，"怦怦"直跳。

　　突然，发令员——原老师清了清嗓子，清脆有力的一声"开始"，我就飞快地将左腿搭上了桌子，右腿也灵活的"紧追不舍"，轻而易举地翻了过去。而原子雯却被卡住了。我扭头一看，她神情恍惚，脸上的肌肉几乎都拧在了一起。

　　第二轮是钻绳。我拍了拍衣服，默默地对自己说了一声："拼了，衣服脏就脏吧。"我蹲下身子，将左腿往前一伸，刚要伸右腿，原子雯追了上来，她身子往后一斜，落在了我的后面。而我却趁机钻了过去。"噢，好危险呐！"我不由得一惊。

　　第三轮是反穿衣服，"这个挺简单，"我心里暗暗自喜。我拉开拉锁。先将手伸进衣袖捏住袖口，然后将衣袖往后一抓，一只袖子出来了，另一只却还没出来，它好像是在和我作对呢！原子雯也趁机脱下了衣服，动作非常迅速。我不顾"三七二十一"，将手往袖子里伸了进去，第一只很容易穿了过去，可能是因为我太急了，另一只怎么也穿不进去，一只胳膊长，一只胳膊短，像个残疾人。"真是太失败了"我埋怨起自己来！这时，场下的队员也着急了，大喊："加油！加油！"有的人脸都红了，脖子上也露出了青筋。场上的气氛一潮高过一潮，好像是队员们为我加油的作用，我一使劲，竟穿了上去。

接下来的两轮同样精彩激烈，我俩不分你我，以前那种好朋友的默契没有了，场上充满了浓浓的火药味，最后我俩同时完成比赛，双方达成平手，我心中的大石头终于落地了。这场比赛可真激烈呀！

我要变成一只小蚂蚁

梁萌萌

　　我已经是一名五年级的小学生了，每天在学校里，我有写不完的作业；在家里，我的一举一动都要受到爸爸妈妈的限制。我好像一个戴上镣铐的"囚犯"，失去了应有的自由。有一天，我发现一群小蚂蚁在院子里找吃的。它们悠闲、自由、无忧无虑。多么令人羡慕啊！

　　有一天，我突发奇想："要是我能变成一只小蚂蚁就好了！"于是，我趁着黑夜父母不在家偷偷地溜出了家门，去找神通广大的巫婆帮助我实现心愿。真是"说曹操，曹操就到"！老巫婆眨眼之间就站在了我的面前。听完我的诉说，老巫婆帮我实现了心愿。于是，我变成了一只小蚂蚁。

　　第二天，我刚走出家门，就被一阵风刮到了紫薇公园门口。我爬到了公园门口，看到有那么多的人在排队买票。我也想进去，可是兜里没钱，这可怎么办呢？转念一想："我现在是小蚂蚁了，我还需要买票吗？我这么小，谁会发现我呢？就算那卖票的老大爷戴上1500度的眼镜也未必可以发现我。呵呵……"于是，我大摇大摆地从人们的缝隙里钻了进去。

　　我爬呀爬，终于来到了儿童乐园。我想玩木马，我就爬到了男孩的脚背上，玩起了"脚背木马"。那滋味真是爽极了！忽然，我的鼻子闻到了一股蛋糕的香味儿。我沿着小男孩的裤子往上爬啊爬，终于，爬到了小男孩的蛋糕上，我有滋有味地大吃起来，直到肚子实在盛不下了，才按原路返回地面。我的一举一动那男孩儿竟一点也没察觉到，真是有趣极了！

　　后来，我又玩了小火车、碰碰车、摩天轮……当然都是免费的了。

　　半天过去了，我的肚子又开始叫起来了。我这才想起："我该回家了！"我费了九牛二虎之力才爬到家门口，却想到自己竟然没有带钥匙。我在家门口转来转去，忽然想起自己是小蚂蚁，还需要什么钥匙吗？我一缩身就从门缝里钻了进去。真方便！

　　我爬到厨房，看到早上自己吃剩下的蛋糕还在餐桌上放着，就顺着桌子腿爬了上去，刚吃一口，妈妈就进来了，看到蛋糕上的小蚂蚁，伸出一根手指一弹，就把我弹出了门外，我的屁股重重地摔到地上。幸亏我的体重轻，否则的话，我不摔成个残废才怪哩！

　　我又饿又累，万般无奈，我只好回自己的卧室睡觉了。

　　经过一天的旅行，我虽然玩得很高兴，但是，总觉得脑子里有些空虚，"少壮不努力，老大徒伤悲"，我不能总是这样玩下去呀！我不能一辈子这样碌碌无为呀！我要成功，我要奋起，我要做名人，我不能一辈子只是做一只平庸的小蚂蚁。思前想后，我终于决定：还是做一个人更好。

　　于是，我从门缝里爬出家门，找到了老巫婆，又变回了人。从此，我不再厌烦学习了，而是以积极乐观的心态去面对生活，面对自己的一切。我相信：我一定会有所成就的。

为压岁钱分工

吴雪香

哈哈！今年是牛年，我的压岁钱也是"牛气冲天"呀！这么多的压岁钱，我可真开心。可看着手中的大钞，我可犯难了：往年的压岁钱都是妈妈帮我"处理"，今年妈妈却说要看看我的理财能力，全权交由我自己安排。哎呀呀，这可难为鄙人也。经过慎重考虑，我决定给压岁钱分分工。

上缴"国库"——抵御金融危机

虽然妈妈把压岁钱的使用权给了我，可是我还是要把一半的压岁钱交给爸爸妈妈。因为去年开始的金融危机，爸爸工作的工厂也受到了影响，有几次我听到爸爸妈妈交谈，甚至说那个工厂都快要倒闭了。工厂的员工们，包括我的爸爸在内，上一天班，休息一天，员工的工资也是原来的一半了，只有不到八百元。爸爸是家里的顶梁柱，妈妈又没有工作，我发现，妈妈比原来更辛苦了。过年前，姐姐回来了，带了2000元的奖学金给了爸爸妈妈，他们用那些钱还了部分欠债，买了一些年货。爸爸对我说："要是没有你姐姐带回来的这雪中送炭的2000元，我们家恐怕都过不了年！"所以，我的压岁钱，我要把一半交给爸爸妈妈，我要为家里尽到自己的责任。

购买"精神食粮"——滋养我的头脑

上学期我们学的《窃读记》中有这样一句话：粮食哺育的是身体，而书籍哺育的是灵魂。我非常赞同作者的观点。我是一名学生，学习是我的主要任务，知识是我最需要的财富。姐姐也曾告诫我，要用压岁钱买一些有益的书籍，因为"读书破万卷，下笔如有神"嘛。所以，我要用剩下压岁钱的一部分购买一些书籍，如历史类的《三国演义》《史记》；文学类的《城南旧事》《爱的教育》；科教类的《海底两万里》等等。相信我把这些书读完之后，我的阅读水平、理解能力、文学水平一定会有所提高的，这样，我就不怕老师说我知识匮乏了。

添置学习用品——迎接新挑战

新学期伊始，新的学期，新的希望，当然也有新的挑战。在这一个学期中，我对自己的要求还是比较高的，我要跨越过去，面向未来。当然，再好的猎手，没有一把好枪是不行的。因此，我要用剩余的压岁钱买一些学习用品。现在我们的新书都已经发下来了，都是免费书本，所以我要格外爱惜，特别是其中的一些书，班主任说这些是循环使用的教材，还要给以后的学弟学妹们使用，所以我要买一些包书纸把它包起来，让别人用到它时也是新的。我还要买一些文具，以前都是妈妈帮我买，现在我长大了，我要减轻家里负担，所以，这些我都要自理了，我要发挥压岁钱的最大功用。

存入银行——以备不时之需

我算过了，经过我的认真分工，我的压岁钱应该还会剩余一点，虽然不多，但我会存入银行，这样好处很多。首先我没有存过钱，我要了解一下银行的存款手续，毕竟我们成年后，跟银行会经常打交道的；其次呢，这些钱我也可以"以防万一"。如果我急需用钱的时候，而爸爸妈妈又没有，那我就可以动用我的存款了，我觉得这样很灵活。

这就是我为压岁钱分的工，我想：只有从小学理财，长大了才能会理财。您说，不是吗？

童年趣事

余 烨

童年是每个人一生中最美好的岁月。虽然随着年龄的增长，许多记忆都变得模糊，但有一件事却深深印在我的脑海中，那就是我小时候和父母一起做游戏。

记得那天老师布置了一项与众不同的作业，让我们回家和父母一起玩"空中吃苹果"的游戏。游戏所需的材料很简单：一根线和一个带柄的苹果。游戏规则就是用一根线悬挂一只苹果，然后不添加任何工具包括手把苹果吃掉。

我还是第一次玩这种游戏，可我一说，爸爸妈妈就明白了。于是，我们说玩就玩。

我们先把苹果洗干净，再用线系在苹果柄上。然后，妈妈用手提着线，迎到我面前，一脸坏笑着说："来，宝贝，咬一口！"我自以为很简单，做了一个超人的pose大声说："还想难倒我！"说着，就张开"血盆大口"对准苹果就是一口。"哎哟"，咋了，原来是咬到舌头了。告诉你，这可不是搞笑，而是牙齿靠到苹果的那一刻，它忽然晃动了一下，自然就咬不到了。我只好甘拜下风，请老妈指点。只见她先慢慢地靠近苹果，然后轻轻地咬住上面，最后再让我来咬。这次，我满怀信心，一大口就消灭了一半。

现在轮到爸爸、妈妈一齐吃了。只见妈妈娴熟地咬着苹果，爸爸猛地向苹果咬了过来，我把苹果迅速往上一提，爸爸和妈妈的头差点就撞在一起了，我在一旁乐开了花，接着我嬉皮笑脸地说："纯属意外，别介意。"爸爸瞪了我一眼，我又把苹果放在他俩中间，为了提高游戏难度，我故意把苹果晃动起来。妈妈以为苹果还是跟以前一样，她连咬了好几下也没让苹果停下。这次，她发飙了，大声吼道："看来'偶'不用杀手锏可不行了！"只见她先用头把苹果撞得摇晃得更厉害，然后张开大嘴，露出两颗"黄板牙"。趁苹果又荡到她面前时，"嚓"——两颗"黄板牙"深深的扎进苹果，爸爸一看时机已熟，立刻张开大嘴把苹果的另一半吃掉了

假如把童年比作一棵苹果树，那么童年的趣事就是树上的颗颗苹果，今天我把我的"苹果"和大家一起分享了，相信你的"苹果"一定会更加精彩吧！

友谊的真谛

甘术鹤

　　翻开淡绿色的扉页，映入眼帘的是"不曾改变的呼吸"这几个大字，我按捺不住激动的心情，随着时间的推移，我的眼神始终没有游离这本书、这篇文章，她深深地吸引着我，使我一口气把她读完，才恋恋不舍地把书合上。

　　转学生李红艳有着农村女孩特有的单纯与朴实，初到城市读书，她特别渴望能拥有新的友情。活泼、大方、时尚的同桌陈羽飞以都市女孩特有的魅力深深吸引着李红艳。对于友情的渴望，加上一点小小的虚荣心——对陈羽飞身上那道流行光芒的仰慕，促使李红艳主动地向着陈羽飞及其他同学伸出了自己的友谊之手。然而钓虾事件、生日事件中接二连三受到的轻视与嘲弄，以及混杂在其中的那份赤裸裸的金钱利益，让李红艳对这份新"友谊"的真假产生了怀疑，也给她单纯的内心蒙上了一层阴影。正好乡下好友左朴出现了，那份实实在在而充满诚意的笑容与关切，唤醒了李红艳对于真正友谊的记忆。在浮华而喧嚣的都市中，李红艳感觉到自己不曾改变的呼吸，让她全新诠释了友谊的真谛。

我也是一个转学生，刚转到江苏的时候，因为成绩不好，留了级，在班里免不了被冷嘲热讽。虽然如此，但我如同故事中的李红艳一样渴望友谊，每次看到同学三三两两，形影不离的上下学，我是多么羡慕啊。可事与愿违，他们就像一座座城堡，让我无法进去。反正既来之则安之，久而久之，我已经习惯于一个人独来独往。但有一件小事改变了我，因为缺笔，所以我想向同桌借，可当我向她开口借的时候，我的脑海中浮现出她平时小气的样子，还是别问她借吧，免得"碰壁"，自找难堪。这样想着，我就默默地坐在那里，看着其他同学写作业。正当我焦急万分时，一支笔悄无声息地从我面前滑过，落到我的本子上，我循着手向前看去，原来是同桌。我感激地望了望她，她笑了笑。

　　友谊的真谛或许是人与人坦诚相待，或许是互相帮助，或许是一支笔。

秋风沉醉的晚上

张蓝天

晚秋澄清的天，像一望无际的碧海。秋蝉的哀鸣逐渐弱了，细雨恬静地冲刷着这柔和的秋。秋雨总是连绵的，心旷神怡的，清凉彻骨的。我飞奔在雨中，感动辛酸、凄悲，谁叫"愁"里有秋，秋里有"愁"呢？

院子里总有空出来的土地，爸爸种蔬菜，乐趣和收获一举两得。夏日青绿繁茂的南瓜叶，那肥大的"广场"，引来蝴蝶频频光顾。而现在，南瓜叶在烈阳下似乎也清凉了。夏天里的小葱总是爱长不长的懒散样，稀稀拉拉，枯黄着斜歪着。至于香樟树，只有它保持着清醒，时时刻刻拥抱怀中的每一个人，小猫也爬到它手臂上，想得到爱抚。屋后的小桃树呀！我将它栽下，多少个日日夜夜过后，它才是一片绿荫，昨日它的果实香甜味儿还萦绕在枝丫上。一排排蒲草，陶醉地笑着，直壮的躯干又经过多少风雨，这笑中又充满了多少坚定和勇气！

不觉，已是夕阳之时，红纱般喜洋洋的。一叶扁舟，渔翁撑起槁，嘴里唱几句山歌，惊起几只山雀扑棱棱地飞入山间。风的回音，江的流动，好一派诗意！农民扛着镐，身上一片泥土的芬芳，和着秋那急促的气息。

渐渐地，天暗了，秋夜的天空高而远。奇怪地，仿佛要离人间而去，银河旁的繁星越发灿烂起来，地上也明亮的很。我披了件大衣，出了门，在院中踱步，地上的银光使秋夜更寒冷了，星星虽小，但似发困，又似闪着睺眼，高傲地俯视一切，将一片繁霜洒在院中的花草上。

秋的大地是苍白的，用脚轻微碰碰，像细小的铃铛般清脆。再看看秋的南瓜叶，也是无力的，黄了一片又一片，就在叹息中一片片落了。在秋的泥土里，它不是安心的，春怎么还是那么遥远？为何还有一个残酷无情的冬，在这空虚的日子里，它只能将叹惜埋进泥土，飘向天空，可春来了又有何用，它莫非还可以回来？不，它一生结束，永远只能做美好的梦了。爸摘回了一个个圆乎乎的南瓜，这些胖娃娃，只会巴望，它们没有力气，没有勇气去自力更生，它只能靠南瓜根和南瓜叶，难道世上还有比它更无能的吗？没有，当秋来了，蝴蝶的翅膀破碎了，南瓜叶落了，南瓜根枯死了，它也只能归人类掌管了。那棵老香樟树，在初秋，它开花结果了，果虽无用，但那樟香弥漫街头巷尾，总是轻盈地钻入鼻子，让人清爽，飘飘欲仙。开花是香樟树生命中最绚丽充满光彩的生活，当花落了，果烂了的时候，它便迷茫彷徨了吗？没有，它让黄叶袅袅婷婷地飞走，树上永是灿烂的绿叶。失落的桃树，秋风扫落叶，一层一层的漫天飞舞，只有两三片摇摇欲坠的黄叶悬在秃枝上，一阵风即飞了。这样的落叶，是去那片桃花盛开处吗？是去蝴蝶乱飞处吗？夜来香纯洁着，秋风欲吹走它，可总会被打倒吗？不，一定不会的，花的心灵总是像清水般，柔柔地荡漾……蒲草也不笑了，但抗拒着秋风，想让秋风别猖狂，春，总会来的，秋是不能逞威风……

回到"小别墅"的家，这里是秋天动物的乐园。床旁的蟋蟀，晚上有节拍地鸣叫，高深而悠远；桌旁的秋蝉，在盼望夏的梦中哭泣着哀嚎着，酸楚而古老；青绿的蚱蜢跳上椅子，身上披着夏的绿衣，唱起了挽歌，痛悲离去的阳光，悲伤而惆怅……我爱这个家和院子，这里是真正的秋，涌动着亮许多含义和秋味。

也许在那些单元式住房里，即使有小区，那儿的秋也是虚伪的。或面对马路，可你能看见的只有天空，那天空永远没有这里的天空真实，充满繁华气息，你只能充分体会马路的喧闹和人群的拥挤，不能深彻感悟秋，这个草木皆凋零而多感情色彩的季节。

听着窗外山雀几声啼叫，又是蝉声中残留的夏梦。秋夜，多动人，可我不住叹息，因为不久后，我也要像别人一样看窗外虚伪的秋了，多么留恋这一切，在这个秋风沉醉的晚上，我的留恋和不舍在心头挥之不去。

赏　雨

袁小宝

　　窗外，雨淅淅沥沥地下着，伴着清幽的雨韵，几只不知名的鸟儿开始啼啭起来，雨雾在半空缭绕起一幅朦胧的画卷。我依附在窗前，深深陶醉于这迷幻优美的冬雨之中……

　　雨，打在屋檐上，发出异常清脆的声响，如歌如颂。天色一下子阴暗下来，啼啭的鸟儿停止了歌唱，掠过树梢，消失在皓皓天际。天愈来愈暗，我一扭头，透过窗棂，看见小区花园中那屹立的路灯，发出迷离而闪烁的光芒。在绵绵细雨中，这路灯好似一位亭亭玉立的少女，沐浴着这丝丝柔柔雨的缠绵。花园的角落，几块木板斜靠在围墙上，雨便顺着斜面潺潺而下，欢乐的雨珠蹦跳着，欢唱着，在地面上跳起了欢快的圆舞曲，留下一路雨的心情……

　　夜幕降临，黑夜已经涌进房间，我不开灯，点上一支蜡烛，在一屋朦朦胧胧的烛光中，倚在窗前，赏雨，听雨。

　　烛光摇曳，幽淡的光惬意地享受着雨夜的神秘。在一片昏暗中，但见阳台上躺着一把伞，我的心再一次被雨吸引，这伞就是一叶扁舟，载着我荡舟赏雨。

　　我不再满足于窗前的赏雨，毅然撑开伞，下楼走进这片迷离的雨帘。花园上积起一汪水潭，我欣喜地走向水潭。此刻，雨还在无休止地倾斜着，给人一种神秘的欢乐，在水潭上奔跑，像是用脚在翻耕湖面，激起无数涟漪。雨滴溅起的水花四处开放，恰似一朵朵清纯的荷花。

　　猛一抬头，但见闪烁的路灯下，雨悄然落在透明的雨伞上，溅起晶莹的水珠，发出清脆的声响——"叮咚，叮咚——"我来到一棵大树下，伸手触摸雨中的树皮，略带一丝丝凉意，雨倾斜在我手上，像是在为我洗礼，我闭上眼，感受惬意的微妙，"叮咚，叮咚——"……

　　雨中，我迈着清脆的步伐观赏着冬雨的迷幻与美丽，我深深陶醉其中。赏雨，不仅是在享受雨趣，更是在体验与感受大自然的奇妙。

我是一片云

金妍伶

我是一朵美丽的白云，在蓝蓝的天空中无忧无虑地飘浮着。

啊，我的生活是多么美好：太阳公公和我捉迷藏，飞机、鸟儿和我比飞高，还有我的姐姐妹妹们和我一起做游戏。我高兴得一会儿变成了洁白的羊群，一会儿又成了奔跑的骏马。

我和姐妹们一起手拉手往前走着，我们欣赏了雄伟的故宫、鸟巢；看见了美丽的西湖和黄山。我和姐妹们越来越觉得我们谁也离不开谁了。

一天，我们玩得正起劲，风弟弟不知发了什么脾气，硬生生地把姐妹们吹得分散开来。等我缓过神来时，我发现我的姐妹们都不见了，我来到了一个完全陌生的地方，啊，这里的太阳好猛好猛，晒得我生疼生疼的。空气也特别的热，我简直喘不过气来了。低头一看，糟糕！这里的地面没有一点绿色，焦黄焦黄的。山上的树木都枯死了，田里没有庄稼，甚至水库里都没有一滴水。地上的人们正成群结队地到处找水喝。

这是怎么回事呢？我觉得奇怪极了，难道是闹旱灾了？不行，我得救救他们，我连忙抖了抖身子，想洒下一阵雨。可是因为我跑得太累了，使不出力气，只洒下了一点点雨滴。我又抖了几下，结果还是一样。

正在我着急的时候，忽然，一枚大炮朝我飞来，"哄"的一声，在我的上空爆炸了。我立刻觉得身体像融化了似的，我全变成了雨滴！

"我终于可以帮助他们了！"我望着自己变得越来越小的身子，高兴地笑了。